CHRISTIAN GRENIER

LE PIANISTE SANS VISAGE

RAGEOT-ÉDITEUR

Note de l'auteur : si les portraits d'Oscar Lefleix et d'Amado Riccorini sont imaginaires, les noms de tous les autres compositeurs et musiciens sont bien entendu authentiques.

Couverture : Gilbert Raffin
ISBN 2-7002-2316-0
ISSN 1142-8252

© RAGEOT-ÉDITEUR – PARIS, 1995.
Tous droits de reproduction, de traduction et d'adaptation réservés pour tous pays. Loi n° 49-956 du 16-07-1949 sur les publications destinées à la jeunesse.

« Une histoire, ce n'est jamais simple. Un fait n'existe pas tout nu. Et s'il y avait autant d'événements que d'individus ? »

La fille de troisième B

UNE SOIRÉE AU CONCERT

C'était un samedi, le 1er octobre. Ce soir-là, je m'en souviens comme si c'était hier. Je venais de finir mes devoirs pour lundi. J'avais même demandé à Mutti de vérifier mes exercices d'allemand. Mais elle avait refusé de les voir :

– Ma fille, tu es en troisième. Et avec monsieur Schade, Dieu merci ! Pas question que je te donne un coup de main. En allemand, désormais, tu te débrouilles toute seule.

Mutti est prof d'allemand à Chaptal. L'an dernier, j'étais élève dans sa classe. J'avais toujours les meilleures notes. Bien sûr, mes camarades ricanaient : « Avec une mère allemande, ça facilite les choses. Et quand elle est en plus une prof de ta classe... » Je rétorquais que Mme Lefleix n'était pas vraiment ma mère. Et d'ailleurs qu'elle ne m'aidait pas.

Est-ce ma faute si je parle aussi bien l'allemand que le français ? À la maison, Mutti s'exprime indifféremment dans ces deux langues.

Donc, ce soir-là, juste après le dîner, je m'apprêtais à consulter le magazine télé lorsqu'on sonna à la porte, trois coups brefs : c'était Oma.

Elle entra en brandissant un petit billet rose :

– Quelqu'un veut-il aller au concert ce soir ?

Florent, mon demi-frère, se précipita :

– C'est quoi ? Les Rita Mitsouko ? Phil Collins ?

Oma haussa les épaules.

– Pourquoi pas les Beatles ? Mais non, gros bêta. C'est un récital de piano. Par le célèbre Amado Riccorini.

Célèbre ? Pas pour tout le monde. C'était la première fois que j'en entendais parler.

– Tu as combien de places, maman ? demanda Mutti.

– Une seule hélas ! Pourquoi n'irais-tu pas, Grete ?

Mutti eut un petit sourire crispé que je fus bien seule à traduire.

– Et toi, maman, rétorqua-t-elle, pourquoi n'irais-tu pas ?

– Oh, ce soir, sur la six, fit Oma avec enthousiasme, ils rediffusent *Un amour d'été* !

Ce fut à mon tour de faire la grimace. Je n'ai rien contre les séries à l'eau de rose. Mais à la pensée de rester trois heures en compagnie d'Oma devant la télévision, la lecture de *Germinal,* « obligatoire avant la fin du mois » avait spécifié la prof de français le matin même, devenait presque une perspective agréable.

La vérité, c'est qu'Oma ne sait pas se taire. Elle assaisonne chaque film de commentaires incessants : « Ah, c'est merveilleux ! Comme c'est émouvant... Mais pourquoi lui a-t-il dit ça puisqu'au fond, il l'aime, n'est-ce pas ? Vraiment, elle exagère, vous ne trouvez pas ? » Avec elle, inutile de suivre l'action sur l'écran : Oma remplace à elle seule l'image et la bande-son.

Oma est la maman de Mutti, c'est-à-dire quelque chose comme ma grand-mère. Elle vit dans le studio contigu à notre appartement. Elle n'a pas la télévision. Elle refuse d'acheter cette « abrutissante boîte à images ». Mais quand un programme l'intéresse, elle rapplique aussitôt chez nous. Rarement plus d'une fois par semaine, c'est vrai. Mais toujours le soir où Mutti et moi voulons voir une émission précise. Et jamais celle qu'Oma a choisie.

– Mais pourquoi as-tu acheté ce billet ? demanda Mutti.

– Je ne l'ai pas acheté : je l'ai gagné ! La semaine dernière, j'ai été l'une des trois premières auditrices à appeler France-Musique... Tu sais, pour leur émission *Une soirée au concert*.

Oma est une fanatique des concours. Elle y consacre l'essentiel de son temps. Elle a ainsi gagné des tas de lots invraisemblables (dont, il est vrai, un voyage pour deux personnes aux Baléares l'an dernier).

Je revois encore le petit billet rose posé sur la table basse du salon. Je me souviens de mon hésitation. Elle n'a été que de courte durée :

– Eh bien moi, j'irais volontiers.

Mutti a haussé les sourcils. Même Oma semblait surprise.

– C'est de la musique classique, Jeanne ! a-t-elle cru bon préciser.

– Et puis avec qui irais-tu ?

– Mais… je n'ai besoin de personne !

– Parce que tu imagines que je vais te laisser partir et revenir seule en métro ? La nuit ? À quinze ans ? Unmöglich ![1]

À en croire Mutti, il y aurait deux cents agressions par jour à Paris. Particulièrement dans le métro. Surtout du côté de la place Clichy où nous habitons.

– Je viens avec toi. Mais tu mets autre chose, s'il te plaît. On ne va pas au concert en jean.

Elle s'est emparée du billet, puis du téléphone. Mais au bout d'une minute, elle a raccroché, dépitée :

– C'est complet. Qu'importe, je t'accompagne. Il n'y a que cinq stations de métro. Je corrigerai des copies dans un bistrot en attendant la fin du concert.

Je ne sais pas si mes camarades de classe se font ainsi chaperonner par leur mère lorsqu'il leur arrive de sortir le soir. Je le sais d'autant moins que je n'ai pas vraiment d'amies. Je suppose que c'est le lot des enfants d'enseignants.

On s'en méfie. Ou alors on devient très copain avec eux la veille d'un contrôle et en fin de trimestre, juste avant les conseils de

1. Impossible !

12

classe… Là, si je pouvais monnayer mes informations, je crois que je ferais fortune !

Nous sommes parties aussitôt et Mutti m'a laissée à l'entrée de la salle de concert. Un fauteuil à l'orchestre coûte six fois le prix d'une place de cinéma. Oma m'avait fait un cadeau royal. Mais à ce moment-là, je crois que j'ai pensé : « Quel gâchis de dépenser une telle somme pour voir quelqu'un jouer du piano ! » J'ai aperçu une affiche et le portrait d'Amado Riccorini, un vieil homme presque chauve au regard plein de malice. La plupart des spectateurs étaient en costume ou en robe. Mutti avait eu raison de me conseiller de changer de tenue. Je commençais à regretter d'être venue, j'ai horreur de ces lieux où il faut être habillé comme ci et se tenir comme ça. On se croirait à la messe. Ou en classe. J'aurais dû rester et lire *Germinal*.

Une ouvreuse m'indiqua mon siège (une chance, j'avais une place au deuxième rang !). Je refusai le programme. Mais elle me le mit d'autorité en mains, ajoutant :

– C'est gratuit, mademoiselle.

J'y jetai un vague coup d'œil, pour faire comme mes voisins. Mais pour moi, c'était de l'hébreu. Les noms de Beethoven et de Ravel me disaient bien quelque chose (l'an dernier, Bricart, le prof de musique, nous avait cassé les pieds pendant une heure avec le fameux *Boléro*), mais ceux de Luciano Berio et de Stockhausen m'étaient totalement inconnus.

13

Quelqu'un arriva sur scène, mais ce n'était pas le célèbre Riccorini. Le maître, nous expliqua-t-on, était malade, il serait remplacé ce soir par un jeune soliste. Du coup, les œuvres du programme étaient légèrement modifiées.

Mes voisins, un vieux couple, parurent extrêmement contrariés. Ils s'empressèrent pourtant de noter sur leur programme les titres des nouveaux morceaux qui seraient interprétés. Pour ma part, ça m'était bien égal.

Enfin, le pianiste entra et s'avança sur scène pour saluer. Il me parut très jeune, gauche, intimidé. Il avait de longs cheveux noirs qui dissimulaient son visage. Dissimuler n'est pas trop fort. On ne pouvait même pas deviner s'il était blanc, noir ou jaune... Mes voisins, d'ailleurs, échangèrent deux ou trois sarcasmes à voix basse : ils n'étaient pas loin de croire à une farce ou à une mystification.

Mais dès qu'il se mit à jouer, cette impression s'évanouit. Et je garde des premiers accords qu'il plaqua sur son instrument l'écho d'une émotion extraordinaire. Je sais que l'expression peut choquer : « Comment une émotion pourrait-elle avoir un écho ? » noterait sans doute en marge M. Oriou, le prof de français. Eh bien si. D'ailleurs ce furent tout à la fois mon cœur et mes oreilles qui furent touchés. Et lorsque je réentends aujourd'hui ce morceau (je sais qu'il s'agit de la sonate *Wanderer* de Schubert), je retrouve la magie de cet instant exceptionnel. Je revois la salle de concert, les spectateurs, le pianiste. Et je ressens la surprise que les premières notes firent naître dans le public. Un public pourtant composé de connaisseurs et de mélomanes.

Comment expliquer ce qui se produisit alors ? J'en suis bien incapable. Il s'agit d'un ensemble. Mais l'œuvre et la façon dont elle était interprétée me touchaient soudain. C'était comme une porte qui s'ouvrait. Ou comme une vague qui m'aurait emportée. Oui, une vague car j'étais tout à coup dans un autre élément ; et je me laissais bercer, stupéfaite. Ainsi, c'était cela, la musique classique ? Et je l'avais ignoré si longtemps ?

Pourtant, chaque 1er janvier, Mutti allume la télévision le matin pour écouter le *Concert du Nouvel An*, à Vienne. Je le suis distraitement en dressant une table de fête. En classe, Bricart nous passe parfois un disque : l'ouverture d'une symphonie de Beethoven. Du Wagner. Du Mozart. Mais l'audition est toujours pimentée d'un commentaire pédagogique ou d'une tâche pratique. Il faut lever la main quand on reconnaît le thème, ou bien écouter la façon dont il est repris par le cor... Oh, il n'y a pas qu'en musique que le problème se pose. Oriou a lui aussi le chic pour faire l'autopsie de n'importe quel poème. Si bien que le moindre texte de Rimbaud soigneusement décortiqué par ses soins ressemble à la fin de l'heure au cadavre disséqué d'une grenouille. Après ça, on comprend parfaitement comment le poète s'y est pris. Mais son texte est devenu aussi fané que la fleur d'un herbier.

Ici, la musique vibrait, nue, pleine, authentique.

Dès les premiers accords, je me suis promis de me procurer au plus vite le morceau qu'interprétait le pianiste. Il fallait que je retrouve ce cocktail magique de frissons, d'inquiétude, de bonheur...

Une fois la sonate achevée, le pianiste ne vint pas saluer. Il parut n'être même pas sensible aux applaudissements nourris. Ma voisine se tourna vers son mari pour lui confier :

– La *Wanderer Fantasie*. C'était excellent !

– Oui. Remarquable. Presque mieux que par Alfred Brendel.

Je compris que la magie qui m'avait emportée était aussi due à la qualité du pianiste. Je tentai de le dévisager. Du second rang, cela aurait dû être facile. Eh bien pas du tout. Penchée sur le clavier, la tête du soliste disparaissait sous ses cheveux. Comment pouvait-il voir les touches ? Il connaissait sans doute toutes ces œuvres par cœur. Peut-être même aurait-il pu jouer dans l'obscurité, comme ces dactylos qui tapent à la machine sans jamais regarder leurs doigts.

Le second morceau m'entraîna vers un univers encore plus exotique : le piano, au moyen d'accords presque discordants, abordait des rivages aux couleurs inconnues.

Puis ce fut une marche funèbre grandiose et

magnifique... et enfin, un paysage sonore si évocateur que je me demandai comment un simple piano pouvait recéler tant de possibilités.

Devant moi, plusieurs journalistes vinrent photographier le soliste une fois sa prestation achevée, mais ils ne piégèrent que sa silhouette. Ce garçon était-il donc si laid ou abominablement défiguré pour vouloir se cacher derrière une pareille crinière ?

– Bravo ! criait mon voisin à tue-tête.

– Bis, bis ! répétait sa voisine.

Je ne fus pas la dernière à réclamer le retour du soliste.

Il revint et s'assit. Puis se remit à jouer.

– Schubert, chuchota aussitôt mon voisin comme pour lui-même.

À nouveau, une détresse quasi familière surgit des accords du clavier. Schubert ! Mais le morceau, cette fois, semblait tout différent de la *Wanderer Fantasie*. C'était une longue, une interminable plainte. Une série de confidences, d'espoirs, de peines, de doutes... une litanie déclamée par un musicien désespéré : un vrai roman en musique, dont les derniers chapitres m'arrachèrent des larmes, à moi que même un bon film ne parvient pas à faire pleurer.

C'est là que je compris enfin le sens du mot « lyrique » qu'Oriou nous avait expliqué avec une définition compliquée.

Lorsque les dernières notes moururent (il n'y a pas d'autre mot, c'était aussi douloureux et pathétique qu'une agonie), le pianiste sans visage se leva et vint nous saluer. Il y eut une ovation formidable. Mais j'eus l'impression qu'il n'en fût pas touché : il disparut en coulisses et ne reparut plus.

Quand je suis sortie du concert, Mutti a tout de suite compris combien j'étais bouleversée.

– Eh bien, Jeanne... quelle tête tu fais ! Comment c'était ?

– C'était... tu ne peux pas comprendre, les mots me manquent pour t'expliquer.

Elle a souri avec indulgence.

– Eh bien moi, j'ai trouvé ça interminable ! J'ai eu le temps de corriger mes deux paquets de copies. Ils ont dû prolonger l'entracte... Alors, ce Riccorini ?

– Il n'y a pas eu d'entracte. Et ce n'était pas Riccorini.

Je lui ai expliqué les modifications du concert et montré le programme. Mais il ne nous serait pas d'une grande utilité car j'avais négligé de noter le nom des œuvres qui avaient été jouées et celui du nouveau soliste.

– Mutti, est-ce que tu as déjà entendu la sonate de Schubert... la *Wanderer Fantasie* ?

– Non... enfin, si. Je sais que Schubert a composé beaucoup de sonates, et que l'une d'elles porte ce nom. Mais je ne pourrais pas l'identifier si je l'entendais à la radio. Je ne connais pas la musique classique aussi bien que...

Mutti a eu une brève hésitation. Nous étions revenues dans la voiture, et à ce moment-là, elle a fait grincer la première (ce qui ne lui arrive jamais). Elle a achevé à voix basse, très vite, en démarrant nerveusement, comme agacée de s'être laissée emporter si loin :

– ... aussi bien que ton père.

Mon père, c'est un sujet tabou. Il est mort depuis plus de dix ans. Mutti n'en parle jamais. Oma et Florent non plus. Depuis que je suis toute petite, je sais qu'il existe des mots qu'il ne faut pas prononcer.

Là, c'est Mutti qui avait commencé.

LE GARÇON DU BANC

Le lendemain, j'allai de bonne heure dans la chambre de Florent. Je pris son baladeur sur sa table de nuit et je fouillai dans la pile éparse de ses disques compacts.

– Hé, grommela-t-il dans un demi-sommeil, qu'est-ce que tu fais chez moi ?

– Je cherche des disques de musique classique.

– Alors là, ma vieille, ça va être vite fait... Attends.

Bon prince, il se leva pour me dénicher un C.D. dans sa pile.

– Tiens. C'est tout ce que j'ai.

Les Valses de Vienne. Sans nom de compositeur ni d'interprète. Dans un mince emballage en carton. C'était un disque acheté au supermarché.

– Tu me prêtes ton lecteur ?

C'est moi qui le lui ai offert pour Noël.

– Bien sûr !

Je glissai le C.D. à l'intérieur et mis les écouteurs sur mes oreilles. Il y eut dix mesures de musique à l'orchestre, après quoi tout se brouilla définitivement dans un cliquetis répétitif.

– Hé, mais il ne passe pas !

Je l'ôtai pour l'examiner. Une horreur.

– Tu sais qu'un disque compact, ça ne s'essuie pas avec un râteau ?

– Ouais, grommela Florent. Je crois qu'il est abîmé. C'est mon copain Joël qui me l'a donné.

L'après-midi, je filai au Virgin Mégastore, sur les Champs-Élysées. J'errai un moment au rayon « Classique ». Puis j'avisai à la caisse un vendeur d'une cinquantaine d'années :

– Est-ce que vous connaissez la *Wanderer Fantasie* de Schubert ?

– Bien sûr. Vous la trouverez soit parmi les coffrets dans l'intégrale pour piano, soit à Schubert, par ordre alphabétique.

Il me regarda drôlement, hésita, puis ajouta, presque sur le ton de la confidence :

– Je vous recommande l'interprétation d'Alfred Brendel.

C'était le même nom que celui qu'avaient prononcé mes voisins la veille. Je compris que je venais d'entrouvrir la porte d'un club privé. Une caste. La musique classique avait non seulement ses compositeurs et ses interprètes, mais aussi ses fins connaisseurs. Je m'aventurais dans un monde inconnu. Qui allait m'y guider ? C'était exaltant et décourageant à la fois. Les premiers navigateurs face à l'Océan durent ressentir le même vertige.

Je trouvai sans mal la *Wanderer Fantasie* par Brendel. Le prix du disque ne me fit pas reculer. Après tout, c'était le même que celui du dernier chanteur à la mode. Mais à ce tarif-là, ma future discothèque mettrait longtemps à dépasser les dix exemplaires...

De retour à la maison, je m'enfermai dans ma chambre avec le baladeur de Florent. Et je reconnus aussitôt le premier morceau entendu la veille ! Mon émotion, ma joie furent vite teintées d'insatisfaction. Oh, le soliste était excellent. Tour à tour violent et sensible. Mais ce n'était pas la même interprétation. C'était parfait, et pourtant, j'étais déçue.

De plus, la qualité du baladeur de Florent laissait à désirer. Il est vrai que je ne l'avais pas payé cher.

Je passai le reste de la soirée à écouter mon disque. Plus particulièrement la *Wanderer Fantasie*. Plus je l'apprivoisais, plus elle résonnait, familière, à mes oreilles.

Ce soir-là, je m'endormis avec les écouteurs.

Pendant les deux jours qui suivirent, je tentai de trouver, parmi mes camarades, quelqu'un qui pourrait partager cet intérêt pour la même musique. En vain.

Je ne fis pas vraiment d'enquête. Mais les élèves de ma classe, je les connais presque tous depuis trois ans. Et puis je me suis souvenue du premier cours de musique durant lequel Bricart, le prof, nous avait demandé si quelqu'un, parmi nous, pratiquait un instrument. Trois avaient levé la main : Carole et

22

Adeline, qui jouent de la guitare – disons plutôt qu'elles grattent les cordes pour chanter Goldman et Cabrel – et Joël qui passe ses journées entre son ordinateur et son synthétiseur.

– Non, avait insisté Bricart en souriant, je voulais dire un instrument d'orchestre : piano, violon, flûte... Non, personne ?

– Et toi, Mutti, lui avais-je demandé au début de la semaine, tu n'aurais pas dans l'une de tes classes un amateur de musique classique ?

– Peut-être. Mais comment savoir ? Écoute, Jeanne, je ne vais tout de même pas ouvrir une enquête.

Il me restait le cours de Bricart. Mais aborder ce prof, même pour parler musique, passerait pour une impardonnable tentative de fayotage.

C'est alors que je rencontrai Pierre...

Je venais de quitter le lycée. J'avais, comme je le fais toujours, rejoint le terre-plein central qui, entre les stations de métro Rome et Place Clichy, forme une large allée où les voitures stationnent sous de grands arbres. Ce lieu est le refuge des pigeons, des S.D.F. et des promeneurs qui veulent marcher à l'abri de la circulation du boulevard des Batignolles. Environ tous les cinquante mètres, on trouve deux bancs qui se font face. D'habitude, je ne m'y assois jamais, notre appartement de la rue du Mont-Dore se trouve à cinq minutes du lycée.

C'est d'ailleurs en grande partie pour cela que Mutti l'a acheté, il y a dix ans.

Je reconnus aussitôt le garçon qui était assis sur l'un des bancs de l'allée. C'était un élève du lycée. Je ne me souvenais plus de son nom, mais je me rappelais fort bien que la semaine précédente il était venu dans notre classe de troisième nous faire, pendant l'heure de musique, un bref exposé sur Schubert.

Aujourd'hui, je me rends compte de la somme extraordinaire de déductions et de réflexions que je fis durant quelques secondes, le temps d'arriver jusqu'au banc où il était assis.

Je n'avais pas gardé un souvenir ébloui de son exposé sur Schubert. Aujourd'hui, il prenait évidemment un nouveau relief. Qu'avait donc dit Bricart ? Ah oui, que cet élève était en seconde – une classe où l'enseignement de la musique est facultatif. Il avait donc choisi cette matière en option. Et s'il avait fait cet exposé sur Schubert, c'était délibéré de sa part : Bricart n'a pas l'habitude d'imposer des sujets.

Sur le moment, je ne songeais pas à m'approcher de lui. Moi, aborder à brûle-pourpoint un élève d'une autre classe ? Une classe supérieure à la mienne ? Et de surcroît un garçon ? Non, c'était impensable. D'ailleurs, il n'avait pas remarqué ma présence, il écrivait.

À l'instant même où j'allais passer à son niveau, il leva les yeux et m'aperçut. Sans doute me reconnut-il aussi puisqu'il sursauta et sourit. Peut-être même rougit-il un peu.

24

Ce garçon n'était pas du tout mon genre. Son physique était plutôt banal, ses cheveux châtains coupés trop court ; il était habillé d'une façon terriblement conventionnelle, avec une chemise blanche ouverte, une petite veste en laine à carreaux et un pantalon de toile claire au pli impeccable. Pour tout dire, il me fit l'impression de quelqu'un de coincé.

Comme il gardait les yeux sur moi, je lui lançai, sur le ton le plus neutre possible :

– Salut !

– Bonjour, me répondit-il avec un sérieux consternant.

À cet instant précis, tout se décida.

J'aurais pu, c'est ce que n'importe qui aurait fait, poursuivre mon chemin. Mais je ralentis, m'arrêtai, lui dis :

– C'était bien, l'autre jour, ton exposé sur Schubert.

Là, il devint écarlate, balbutia en cherchant ses mots :

– Non. C'était... complètement raté ! La semaine précédente, je l'avais fait en salle de musique. En m'aidant du piano. Et sans piano, cet exposé ne voulait plus rien dire...

Sans le savoir, il me tendait là une perche inespérée. L'occasion de faire rebondir la conversation.

– Ah bon ? Tu joues du piano ?

– Oui... un peu.

– Tu connais la *Wanderer Fantasie* de Schubert ?

Une étincelle naquit dans ses yeux. Peut-être celle qui jaillit lorsqu'on comprend tout à coup que votre interlocuteur parle le même langage que vous.

– Oui. Évidemment ! Ah, Schubert...

Il ferma le classeur à rayures qu'il tenait sur ses genoux. Je déchiffrai d'un coup d'œil le nom inscrit sur la couverture : Pierre Dhérault. Mais oui, je me souvenais, à présent !

Il ramena vers lui son sac, qu'il avait posé sur le banc. Ce geste banal, je le traduisis comme une invitation à m'asseoir près de lui. Je pensai : « Jamais tu n'oseras faire ça. »

Et pourtant je le fis. En sachant qu'alentour, dix ou quinze élèves du lycée pouvaient nous apercevoir et s'empresser d'ébruiter la nouvelle dans toutes les classes.

J'ai dû me dire : « Tu t'en moques ! » Mais je ne m'en moquais pas du tout.

– Samedi dernier, j'ai assisté à un récital de piano, à Pleyel.

– Ah bon ?

– Oui. Avec Amado Riccorini.

– L'un des plus grands pianistes que je connaisse...

– Mais il était souffrant. D'après ce que j'ai compris, un de ses élèves l'a remplacé. Personne ne l'a regretté. C'était un récital extraordinaire.

– Vraiment ?

Il laissa couler un silence. Il semblait redevenu muet. Devrais-je faire les frais de toute la

26

conversation ? Je ne me sentais pas de taille à lui parler du concert.

– Le pianiste était fabuleux. Très jeune. Avec de drôles de cheveux longs : impossible de voir à quoi il ressemblait ! Je n'ai pas retenu son nom. Ni celui des autres morceaux qu'il a interprétés. C'est dommage car j'aurais aimé me les procurer.

– Ça ne sera pas difficile, le concert est retransmis samedi prochain, sur France-Musique. Tu n'auras qu'à l'écouter.

Je fus stupéfaite par l'information.

– Tu en es sûr ? Comment le sais-tu ?

– Pardi ! Je lis les programmes : les dernières pages de *Télérama*.

Télérama, je le parcours moi aussi pour connaître les émissions télé de la semaine (en fait, pour les films qu'on diffuse en soirée). Mais j'étais à cent lieues d'imaginer qu'on pouvait éplucher ce journal pour guetter le programme des concerts. Cette fois, j'avais affaire à un amateur authentique. Il ajouta avec plus d'ironie que d'amertume :

– Tout le monde n'a pas les moyens d'assister aux récitals de la salle Pleyel !

– Oh, c'est un hasard...

La glace était rompue. Je lui expliquai comment j'étais allée au concert. Comment, le lendemain, je m'étais précipitée chez un disquaire pour acheter la sonate de Schubert. Ma déception ne le surprit pas :

– Cela ne veut pas dire que l'interprétation

de ton pianiste était meilleure que celle de Brendel. La première audition d'une œuvre marque très profondément. Même si elle est mauvaise, on a toujours envie de retrouver l'impression d'origine... Voilà pourquoi il est très important d'écouter d'excellentes interprétations la première fois.

Je lui avouai que je ne disposais que du mauvais baladeur de mon frère. Et d'aucun autre disque de musique classique, hormis le Schubert acheté dimanche dernier.

– Des compacts, je pourrai t'en prêter. Mais j'ai surtout des vinyles. En tout cas, il faudra que tu t'achètes un bon lecteur.

Nous avons bavardé longtemps. Une demi-heure, je crois. Comme je me levais pour repartir, il ajouta :

– Je suis souvent sur ce banc. En automne et au printemps. Pour les disques, on peut se donner rendez-vous ici...

Je m'empressai d'approuver. D'ailleurs, nos horaires différents ne nous permettraient guère de nous voir entre les cours au lycée.

Je m'éloignai sans me retourner.

Pierre m'avait fait une drôle d'impression. Je n'ai pas l'habitude de fréquenter les garçons. Et quelque chose me disait qu'il ne devait pas connaître beaucoup de filles non plus. Ce qu'il connaissait, c'était la musique.

Cela me suffisait.

DÉBAT AUTOUR D'UN PIANO...

Toute la semaine, j'ai guetté la présence éventuelle de Pierre sur le banc du terre-plein. Mais je ne l'ai pas vu. Sans doute nos horaires ne correspondent-ils pas.

Pierre avait raison : le concert auquel j'avais assisté était bien annoncé dans *Télérama*. Samedi soir, Oma est venue pour voir *Jalna*. J'en ai profité pour m'emparer du gros transistor du salon et je me suis enfermée avec lui dans ma chambre. J'étais inquiète, le concert serait-il retransmis ? En effet, la durée du récital avait été bien plus grande que celle que le programme annonçait. De plus, le soliste n'était pas Riccorini.

À tout hasard, j'avais acheté deux cassettes audio. Et je mis la première en marche dès que le présentateur annonça :

« Voici donc, en différé, le concert donné à Pleyel samedi dernier 1er octobre. En raison d'une indisposition d'Amado Riccorini, le soliste de ce soir sera... »

Gagné. J'appris d'un coup tout ce qui me manquait : le nom de mon pianiste sans visage, Paul Niemand, et le titre des œuvres que j'avais entendues : *Gaspard de la nuit* et *Miroirs* de

Maurice Ravel, la *Marche funèbre* de Liszt et, en bis, la *Sonate en si bémol majeur* de Schubert !

Je suivis le concert, mon concert. Pour un peu, j'aurais voulu reconnaître mes propres applaudissements parmi ceux du public ! Mais deux heures et demie plus tard, je restai de nouveau sur une frustration. Si je retrouvais mon interprétation de Schubert, il me manquait l'ambiance de la salle et la présence du mystérieux soliste.

Le lendemain, je rejoignis Mutti assez tôt dans la cuisine pour le petit déjeuner.

À la maison, le dimanche matin a toujours été un moment privilégié : celui des mises au point, des confidences, des projets, des grandes décisions. Mutti et moi pouvons passer deux heures à parler, à nous disputer parfois aussi. Mais c'est nécessaire. Il faut, une fois par semaine, vider son sac pour mieux respirer. Le problème, c'est que depuis un ou deux ans, je me lève de plus en plus tard.

Ce matin-là, je fis un effort. Je voulais frapper un grand coup. Je lançai :

– Mutti, quelque chose a changé dans ma vie.

Elle débarrassait la table. Elle me demanda sur un ton badin, sans se retourner :

– Comment s'appelle-t-il ?

Je ris de bon cœur :

– Non Mutti. Ce n'est pas un garçon. C'est la musique.

– Sicher[1] ? Moi, pourtant, je crois que ce pianiste t'a jeté un sort !

– Écoute, Mutti, c'est sérieux. Je voudrais... je voudrais pouvoir écouter de la musique. Avec un poste de meilleure qualité que le gros transistor du salon.

– Ma foi, voilà une idée de cadeau pour Noël. C'est ce que tu voulais me suggérer ?

– C'est plus compliqué que ça. J'aimerais...

Je me jetai à l'eau :

– Est-ce que ce ne serait pas possible que nous ayons un piano ?

Mutti était revenue s'asseoir en face de moi. Elle pâlissait à vue d'œil.

– Un piano ? Mein Gott[2] ! Mais où voudrais-tu le mettre ?

C'est vrai que l'appartement n'est pas grand. Florent et moi avons chacun notre chambre, Mutti y tient. Quant à elle, elle a aménagé la moitié de la salle de séjour en une sorte de petit studio où elle travaille et dort.

– Je ne sais pas. Dans ma chambre. Ou dans le vestibule, à la place de la commode.

Elle soupira. Mauvais signe.

– Mais pourquoi un piano, Jeanne ? Tu ne voudrais tout de même pas apprendre à en jouer maintenant ?

1. Vraiment ?
2. Mon Dieu !

– Pourquoi pas ?

– Tu veux des raisons ? J'en vois mille. Quand on désire apprendre sérieusement à jouer d'un instrument, Jeanne, on ne commence pas à quinze ans. D'ailleurs, cela nécessite beaucoup, beaucoup de temps. En classe de troisième, tu as autre chose à faire. Et ce sera encore pire l'an prochain, crois-moi. Cet instrument deviendra une sorte de jouet encombrant et luxueux dont tu te lasseras très vite. Dans six mois, il faudra s'en débarrasser. Écoute, Jeanne, à ton âge, tu ne vas pas nous faire des enfantillages comme ton frère ?

Florent, depuis deux ans, accumule les lubies. Un jour il déclare qu'il veut devenir informaticien et il réclame un ordinateur à cor et à cri. Trois jours plus tard, un copain lui prête un V.T.T. et il se découvre une vocation de champion cycliste. En ce moment, il est plutôt branché sur l'électronique.

– Et puis un piano coûte cher, acheva Mutti.

Chez nous, l'argent constitue l'argument de choc : celui que Mutti utilise en tout dernier recours. Je sais que nous sommes quatre à vivre sur son salaire de prof (la rente que touche Oma ne suffit même pas à payer les charges de son petit studio). J'eus le mauvais goût d'insister :

– Même un piano ordinaire ? Un piano d'occasion ? Rappelle-toi ce que tu m'as dit un jour : « Rien ne coûte vraiment cher. Dans la vie, tout est une question de choix et de sacrifices. » Eh bien, si je choisis le piano...

– Justement. Une chaîne hi-fi, un piano, du temps, cela fait trop de choses à la fois, Jeanne. Zuviel. Wirklich zuviel[1].

Je sais que j'ai eu tort. Je sais que je lui ai fait mal. Mais ma réaction était à la mesure de ma déception. L'air de rien, en beurrant une biscotte, j'ai murmuré :

– Autrefois, nous avions un piano à queue...

Mutti s'est figée. Son regard s'est perdu dans le vide et elle s'est retrouvée dans un passé qu'elle refuse d'affronter. Très vite, elle s'est ressaisie et a haussé les épaules.

– Tu ne t'en souviens même pas. Tu n'avais pas quatre ans.

– Je m'en souviens parfaitement !

– Non. Tu cultives le souvenir de ce que je t'ai raconté.

– Quel souvenir ? Tu n'as pas de souvenirs, Mutti !

– Oh si !

Je connais bien ce petit tremblement de gorge et cette humidité soudaine du regard. Je me suis précipité vers elle pour l'entourer de mes bras.

– Mutti, pardonne-moi, je suis injuste. Je n'aurais pas dû ...

Elle s'est mouchée, a poursuivi :

– Il n'y avait pas d'autre solution, Jeanne. Que voulais-tu que nous fassions de ce piano ?

1. Trop. Vraiment trop.

Après... après l'incendie de la maison de Provence, c'est vrai, j'ai vendu tout ce qui restait : le piano, les magnétophones, la chaîne... car ton père avait une chaîne hi-fi extraordinaire, tu penses bien ! Avec l'argent de l'assurance, j'ai acheté cet appartement à Paris. Du moins, j'en ai payé les deux tiers puisque je rembourse encore un crédit... Cet appartement, c'était une occasion à saisir puisqu'il se trouvait dans le même immeuble que notre studio, celui qu'occupe Oma aujourd'hui. Je n'aurais jamais pu continuer à vivre dans le sud. Il fallait que j'assure votre avenir, à Florent et toi... Comment peux-tu me reprocher aujourd'hui d'avoir vendu ce piano à queue ?

– Tu sais bien que je ne te le reproche pas. Je t'en prie, ne te justifie pas, Mutti !

– Écoute, Jeanne, nous reparlerons de tout cela un peu plus tard, tu veux bien ?

C'est aussi une coutume de la famille : remettre sans cesse à plus tard ce qui ne peut être résolu le jour même. Je savais bien ce que Mutti espérait, que mon intérêt pour la musique se dissiperait aussi vite qu'il était apparu.

Elle se trompait.

PIERRE EST AU RENDEZ-VOUS

Le mardi suivant, en quittant Chaptal, je me suis aperçue que j'étais impatiente et émue ; je me demandais si Pierre, cette fois, serait sur son banc comme la semaine précédente. Je redoutais un peu cette seconde entrevue mais je la souhaitais très fort, aussi.

Il y était.

Je le surpris alors qu'il était occupé à écrire sur le même classeur à rayures rouges et blanches. Lorsque je m'assis à côté de lui, il sursauta et le referma brusquement, comme pris en faute.

– Salut. Je t'ai fait peur ?

– Oh, bonjour...

Il semblait embarrassé et m'avoua en bégayant un peu :

– Écoute, je... je ne sais même pas comment tu t'appelles.

– Jeanne. Jeanne Lefleix.

Pourquoi ai-je aussi bêtement ajouté mon nom de famille ? Une vieille habitude scolaire, sans doute.

– Tu es de la même famille que madame Lefleix, la prof d'allemand ?

Trop tard.

– Oui. Je suis sa fille. Enfin... plus exactement, elle est la seconde femme de mon père.
Ma mère est morte à ma naissance. Mais je la
considère exactement comme ma mère !

Pierre hocha lentement la tête, comme pour
digérer toutes ces informations. Pourquoi lui
ai-je fait ces confidences ? Depuis trois ans
que je fréquente Chaptal, je ne me suis jamais
confiée à aucune camarade.

Il sourit gentiment :

– Ta mère est ma prof depuis deux ans. En
troisième, elle nous a emmenés à Berlin. Elle
est très sympa...

– Écoute, Pierre, excuse-moi. Mais ma mère,
ce n'est pas mon sujet de discussion préféré.
L'an dernier, j'étais dans sa classe et à chaque
heure d'allemand, c'était l'enfer. Essaie d'oublier
que je suis la fille de madame Lefleix, O. K. ?
Est-ce que tu as écouté le concert, samedi dernier ?

– Oui.

– Alors, qu'est-ce que tu en as pensé ?

– Ce n'était pas mal.

– C'était génial, tu veux dire ! Ah, si tu avais
assisté au récital...

Pierre fouilla dans son sac, en sortit une di-
zaine de C.D.

– J'ai pensé à toi. Malheureusement, je n'ai
pas beaucoup de compacts. J'aurais préféré
t'en faire entendre d'autres, mais ce sont des
vinyles. Ici, il y a peu de piano et beaucoup de
musique symphonique.

36

Pierre me confia trois symphonies de Beethoven, la *Symphonie Fantastique* de Berlioz, la *Passion selon saint Jean* et les six *Concertos brandebourgeois* de Bach, la *Symphonie Inachevée* de Schubert et...

– La *Wanderer Fantasie* ! Celui-là, tu peux le garder, je l'ai acheté la semaine dernière. Par quoi dois-je commencer ?

– Peut-être par la *Symphonie Pastorale*. Puis par l'*Inachevée*, de Schubert. Je ne sais pas, c'est délicat. Tu n'as jamais rien entendu de tout ça ?

– Non. Je débute.

Je devais vraiment lui paraître plouc. Tant qu'à faire, autant aller jusqu'au bout :

– Dis-moi si c'est une bonne idée, Pierre : j'aimerais apprendre le piano.

Il parut très surpris et sourit avec une sorte d'indulgence.

– S'intéresser à la musique, je trouve que c'est toujours une bonne idée. Quel que soit le moyen employé.

– Ma mère juge que je suis trop vieille pour commencer. C'est vrai ?

– La musique, c'est comme le sport. Si tu veux faire de la compétition, il faut t'y prendre très tôt, t'entraîner sans cesse. Imagine que tu veuilles aujourd'hui devenir championne olympique de natation. Seul problème, tu ne sais pas nager. Ça risque d'être difficile... Même en étant très douée, tu passeras dix ans à te perfectionner. Et tu seras toujours dépassée par ceux qui ont commencé très jeunes.

Il me fixa quelques secondes, puis baissa les yeux. Je crois que je l'impressionnais un peu. Il ajouta comme s'il avait craint de m'avoir blessée :

– Mais rien ne t'empêche d'apprendre le piano pour le plaisir. On peut pratiquer un sport ou un instrument sans avoir la compétition pour objectif.

– Le piano, tu en joues depuis longtemps ?

– Oui. Plusieurs années.

– Et tu t'entraînes tous les jours ?

– Bien sûr ! Mais comment t'expliquer ? Se perfectionner, se fixer des objectifs, se dépasser sans cesse... j'aime ça !

– Est-ce qu'il n'y a pas d'autres instruments dont on peut apprendre à jouer plus rapidement ?

Je pensais à des instruments moins coûteux. Et surtout moins encombrants. Il réfléchissait sans répondre et ne me quittait pas des yeux. J'en étais presque gênée. J'insistai en détournant la tête :

– Je ne sais pas moi... Le violon ? La flûte ?

Pierre rit. Mes questions devaient lui paraître naïves.

– Le violon, non, sûrement pas. De toute façon, il faut commencer par le solfège.

Je fis la grimace. Le mot me rappelait trop Bricart, la clé de *sol*, le déchiffrage, la mesure qu'il faut battre...

38

– Il y a un instrument, dit-il tout à coup, auquel on ne pense jamais. Un instrument gratuit, qu'on a toujours sur soi et qu'on peut travailler à sa guise. Un instrument extraordinaire et si personnel qu'il est reconnaissable entre mille quand on en joue.

– Lequel ?

J'étais suspendue à ses lèvres. Un tel instrument pouvait-il exister et le monde entier l'avoir ignoré jusqu'ici ?

– La voix.

Je retombai de haut.

– Tu plaisantes.

– Pas du tout. À moins d'avoir une oreille abominable, n'importe qui peut apprendre à chanter. Et même sans don particulier, sans timbre exceptionnel, on peut très vite s'intégrer dans un chœur.

Pierre ne me convaincrait pas. J'ignore pourquoi mais je ressentais le besoin d'un support. Oui, il me fallait un instrument dans lequel souffler, sur lequel frapper, un instrument avec des cordes à gratter, à frotter, quelque chose qui soit un intermédiaire entre la musique et moi. En produire directement, avec ma propre voix, cela me paraissait... trop facile et trop compliqué ! En fait, presque indécent. Un instrument aurait été une sorte de vêtement sous lequel me cacher.

Nous avons encore parlé une demi-heure. Puis nous nous sommes donnés rendez-vous pour la semaine suivante. Je lui rendrai ses disques.

RÉVÉLATIONS, TRAHISON, EXPLICATIONS

Alors que je feuilletais *Télérama*, une photo pleine page me procura un choc : c'était mon pianiste sans visage, surpris pendant son récital. Bien que saisi presque de face, le visage du soliste, penché sur le clavier, disparaissait derrière ses invraisemblables cheveux bruns. Je me suis précipitée sur l'article, dont le titre affirmait : « UNE ÉTOILE EST NÉE ! »

Le critique musical n'était pas avare d'éloges. J'en fus émue et fière. D'abord, je ne m'étais pas trompée sur la valeur du pianiste. Ensuite, un hasard extraordinaire m'avait fait assister à l'éclosion d'un talent exceptionnel. Nul doute que Paul Niemand (le journaliste l'affirmait) deviendrait l'un des grands solistes du XXIe siècle. Plus tard, je pourrais affirmer : « J'ai assisté à son premier concert ! »

Du coup, j'ai feuilleté le magazine plus attentivement, les critiques des derniers disques sortis, les programmes de la semaine... J'ai détaillé ceux de France-Musique et Radio-Classique et installé définitivement le transistor du salon dans ma chambre.

Je repassais indéfiniment les disques que m'avait prêtés Pierre.

La *Symphonie Pastorale* fut une révélation. Aujourd'hui, je me rends compte de l'aide que m'ont apportée les brèves indications du compositeur. Je reconstituais en imagination le cadre champêtre, les danses des paysans... puis tout à coup le ciel se couvrant de nuages menaçants, les grondements annonciateurs et enfin l'orage qui se déchaînait, avant de s'apaiser, disparaître et laisser place à la nature qui renaissait après la pluie.

Combien de fois ai-je écouté cette symphonie ?

J'eus plus de difficultés à entrer dans le monde de la *Symphonie Fantastique* de Berlioz. Un temps, je fus déroutée par les sonorités, très différentes de celles qui, chez Schubert et Beethoven, m'étaient devenues familières.

Le mardi suivant, Pierre essaya de m'expliquer les raisons de mes difficultés :

– L'oreille, cela s'éduque, comme l'œil ou le palais. L'ouïe est semblable à n'importe quel autre sens, elle apprécie d'abord ce qu'elle connaît. Et nous sommes familiarisés avec une musique tonale.

– Pierre, ne me parle pas avec des mots compliqués !

– Bon. La plupart du temps, une musique est faite d'un thème écrit dans un ton particulier, comme *do* majeur. Et ce thème, une fois exposé, est repris. Comme ça, tu te familiarises avec lui.

– Mais à quoi bon décortiquer tout ça ? Est-ce qu'il ne suffit pas que la musique plaise ?

– Oui. Mais pour qu'elle plaise, il faut qu'elle obéisse à ce que l'oreille a coutume d'entendre ! Sinon, elle est choquée, désorientée, perdue. À son époque, Berlioz a fait scandale, ses œuvres rompaient avec la tradition. Voilà pourquoi tu as eu plus de difficultés à l'apprécier. Mais maintenant ?

– Je l'apprivoise. Par contre, tes disques de Bach...

– Eh bien ?

– Impossible !

– C'est trop tôt, dit Pierre. J'ai eu tort.

Ça devait arriver. Pierre et moi avons été découverts.

Qui a joué les espions et donné l'alarme ?

Un dimanche de novembre, Mutti a profité de la grasse matinée de Florent. Pendant le petit déjeuner que nous prenions ensemble dans la cuisine, elle a soudain glissé comme par hasard, dans le fil de la conversation :

– Au fait, tu ne m'as jamais parlé de ce garçon...

– Quel garçon ?

Je n'étais pas dupe. Mais la meilleure des défenses étant l'attaque, j'avais déjà sorti toutes mes griffes.

– Tu sais bien : celui avec lequel tu restes parfois le mardi, après la classe, sur le terre-plein du métro ?

– Bravo. Tu es bien renseignée. Tu féliciteras ton informateur de ma part. Qui est-ce ?

Mutti a joué les étonnées :

– Écoute, Jeanne, ce n'est pas un drame ! Tu as parfaitement le droit...

– Une de mes charmantes camarades de troisième B ? Laquelle ?

– Sei doch nicht so dumm[1] ! Et puis il me semble que tu retournes la question. Ce garçon...

J'ai pris ma voix la plus neutre et je lui ai débité d'un trait le discours que je lui réservais au cas où elle me poserait la question :

– Eh bien ce garçon s'appelle Pierre Dhérault. Il est en classe de seconde. Il s'intéresse à la musique et il me prête des disques, le mardi, en effet. Si tu veux le détail de nos conversations...

– Ach, Jeanne ! Jetzt aber genug[2] ! Je ne voulais pas t'espionner.

– Malheureusement, j'ai peu d'autres détails à te donner. Mais toi par contre, en échange, tu pourrais maintenant me dire...

Je l'ai obligée à me regarder. Je lui ferais la guerre jusqu'à ce qu'elle m'avoue...

– Le nom de celle qui t'a fourni cette précieuse information !

1. Ne sois donc pas si bête !
2. Ah Jeanne, ça suffit comme ça !

Mutti n'était pas très fière. Si elle éludait la question, le dimanche et les jours suivants promettaient d'être très tendus. Elle a secoué la tête, visiblement contrariée contre elle-même.

– Tu te trompes sur toute la ligne, Jeanne. C'est un collègue à moi, tout simplement. Et il ne s'agit pas d'une dénonciation ! L'autre jour, dans la salle des profs, il m'a dit t'avoir vue à plusieurs reprises sur un banc et il m'a simplement demandé quel était le garçon avec qui tu sortais...

J'ai essayé de ne pas hurler :

– Mutti, je ne sors pas avec Pierre Dhérault !

Je suis allée chercher dans ma chambre quelques pièces à conviction, les disques qu'il m'avait prêtés le mardi précédent. Mutti a refusé de les regarder et d'en entendre davantage. Elle m'a prise dans ses bras, s'est excusée en balbutiant :

– Jeanne, il ne faut pas m'en vouloir, ce n'est pas de la curiosité mal placée. J'ignorais complètement qui pouvait être ce garçon. Imagine que...

– C'est toi, Mutti, qui as trop d'imagination.

L'armistice s'était établi. Mais pour que la paix s'instaure, il me fallait un dernier renseignement :

– Ce collègue, Mutti, qui est-ce ?

– Michel Oriou, ton prof de français. De sa part, ce n'était pas du tout méchant, tu sais.

Florent nous a interrompues en faisant son

apparition dans la cuisine. J'ai cru que l'affaire était classée.

Dans l'après-midi, alors que j'avais presque oublié l'incident, Mutti est venue me voir dans ma chambre. Je ne l'ai pas entendue arriver, j'étais occupée à rédiger une fiche de lecture sur *Un cœur simple* de Flaubert en écoutant la *Quatrième Symphonie* de Schumann avec le baladeur de Florent.

Mutti a écarté l'un de mes écouteurs pour me glisser simplement à l'oreille :

– Pierre Dhérault est l'un de mes élèves. Je l'ai en cours depuis deux ans. Je voulais simplement te dire que c'est un garçon charmant. Et puis, ce qui ne gâche rien, il a d'excellents résultats en allemand...

LES DISQUES DE MON PÈRE

Quinze jours avant Noël, j'eus ma seconde révélation de l'année. C'était encore un dimanche, pendant le petit déjeuner. Mutti et moi parlions de l'organisation des fêtes de fin d'année, des courses à faire, des menus...

– Pour ta chaîne hi-fi, Jeanne, tu es bien sûre de vouloir aussi une platine pour les disques vinyle ?

J'aurais ma chaîne pour Noël : Mutti, Florent et Oma avaient décidé de se cotiser pour me l'offrir. Depuis quelques années, les cadeaux que me fait Mutti ne sont plus vraiment des surprises, elle préfère me demander ce que je veux, très précisément. Elle m'a offert il y a trois ans un ensemble que je n'ai jamais mis et s'est juré depuis ce jour de me consulter.

– Oui. Tu comprends, Pierre en a plein. Et il me les prêtera.

– Les 33 tours, on n'en fabrique plus. Tu ne risques pas d'en trouver beaucoup.

– Tant pis. J'en achèterai d'occasion.

– Ce n'est pas la peine. Je crois que...

Mutti, qui beurrait une tartine, suspendit son geste, pâlit. Je compris qu'elle venait de prendre conscience de quelque chose d'important et d'inattendu.

– Mutti... Was ist los ?[1]

– Nous avons des disques noirs, Jeanne. Ceux de ton père.

– Quoi ? Mais où ?

– À la cave. Dans une... non, dans deux grosses cantines métalliques.

– Et c'est maintenant que tu me le dis ?

– Jeanne... Je te jure que je l'avais oublié !

Je sais que Mutti a voulu tirer un trait sur le passé. Elle ne l'évoque jamais. Et j'hésite à l'interroger. Quand il m'est arrivé de le faire, je me suis toujours heurtée à un mur, ou à des larmes.

– Je croyais que tout avait brûlé ?

– Pas son auditorium. Les disques étaient dedans. Avec le piano, les magnétophones et son appareil.

– Mais tu n'as pas tout vendu ?

– À la salle des ventes de Draguignan, on m'a proposé une somme dérisoire pour les disques. Et puis c'étaient ses disques, tu comprends ?

– Mais peut-être qu'il y a des photos avec ?

– Non. Ne te fais aucune illusion, Jeanne. Le courrier, les dossiers, les albums... tout était dans la maison.

Je tremblais d'excitation, joie et colère mêlées.

– Et tu as laissé ça à la cave, Mutti ? À la cave ? C'est peut-être complètement moisi ou dévoré par les rats ! La clé, où est la clé ?

– Jeanne, habille-toi au moins !

1. Qu'est-ce qu'il y a ?

Nous descendons trois fois par an à la cave. La plupart du temps, c'est pour y entasser des objets dont nous n'avons plus l'usage. Elle est archipleine. Dès que j'ouvris la porte, je mesurai l'ampleur de la tâche qui m'attendait.

Méthodiquement, je sortis dans le couloir obscur mon ancienne chambre à coucher d'enfant, une commode pleine de vêtements démodés et un arsenal de vieux jouets que Florent et moi voulions conserver.

Enfin, j'aperçus, empilées l'une sur l'autre tout au fond du réduit, les deux cantines en question. Elles étaient énormes. Je fus incapable de soulever la première, elle devait peser plus de cent kilos. J'ôtai la tringle et je l'ouvris. Il y avait là, soigneusement rangés, des dizaines, des centaines de disques !

Cœur battant, je saisis le premier ; il était encore sous cellophane, il n'avait jamais été ouvert. En regardant au dos de la pochette, je compris pourquoi, l'enregistrement datait de 1985. L'année de la mort de papa. On avait dû lui faire parvenir ce disque et il n'avait même pas eu le temps de l'écouter. Pour chacun des morceaux, la date précise des enregistrements était indiquée. Par exemple, à la fin des quatre mouvements de la *Cantate BWV 51* de Jean-Sébastien Bach, la pochette précisait : « Enregistré les 17-20. XII. 1982 & 6-7. VIII. 1983 ». Et après les trois mouvements d'un *Concerto pour trompette* d'Albinoni était écrit : « Enregistré le 29. X. 1984 ».

Mais ma plus grande émotion, ce fut lorsque je découvris, en caractères minuscules :

Enregistrement réalisé à Londres,
Abbey Road Studios
Directeur artistique : John Fraser
Ingénieur du son : Oscar Lefleix

Ainsi, j'avais entre les mains un disque enregistré par mon père. Et je voyais enfin son nom imprimé. J'avais la preuve tangible qu'il avait existé. Fébrile, je sortis un second disque, au hasard.

C'était encore du classique :

La cantate sacrée à l'époque de Bach par l'ensemble de cuivres André Bernard.

Je retournai la pochette, qui précisait elle aussi :

Enregistrement réalisé à l'église luthérienne
Saint-Jean à Paris en novembre 1976
Directeur artistique : Ivan Pastor
Ingénieur du son : Oscar Lefleix

Seule dans cette cave sombre et encombrée, j'eus un moment d'euphorie. Pour la première fois de ma vie, j'avais des témoignages concrets de mon père, des objets qu'il avait touchés, utilisés et de surcroît des enregistrements qu'il avait réalisés ! Et puis il s'agissait de musique classique. Des centaines de disques. D'un coup.

Je murmurai :

– C'est un cadeau merveilleux, papa. Merci.

Je remontai dans l'appartement avec une pile de disques. Mutti, qui faisait la vaisselle, eut vers moi un regard tendre et embarrassé.

– Jeanne, il ne faut pas m'en vouloir. Lorsque je suis arrivée ici avec vous il y a dix ans, je n'ai pas eu le courage d'ouvrir ces cantines. Je n'aurais pas supporté de revoir tous ces disques. Et puis j'avais autre chose à faire qu'écouter de la musique. L'appartement était déjà si encombré...

– Je comprends, Mutti. Ce n'est pas grave. L'essentiel est que ces cantines existent. Que je les ai retrouvées. Tu es sûre qu'il n'y a rien d'autre ?

– Oui. C'est dans quel état ?

– J'espère que rien n'a souffert.

Après un instant d'hésitation, elle prit l'un des disques, sur une pile : des *Pièces pour guitare* de Villa-Lobos. Elle eut un sourire lugubre :

– Je me souviens de celui-ci.

– C'est papa qui l'a enregistré ?

– Non. Oscar... Ton père recevait beaucoup de disques. Il en achetait aussi énormément. C'était l'un de ses plus grands plaisirs lorsqu'il rentrait de province ou de l'étranger, il allait dans son auditorium et il écoutait de la musique. Parfois, tu allais avec lui. Il a dû te faire entendre certains de ces disques... Tu ne te souviens pas ?

C'était à peine une question. Elle y répondit toute seule :

– Non, bien sûr, tu étais si petite.

J'allai secouer Florent dans son lit.

– Debout, paresseux ! J'ai besoin de l'aide d'un homme fort.

Dès qu'il sut qu'il s'agissait de son père, son intérêt s'éveilla.

Nous n'avons pas réussi à soulever la première cantine, il a fallu que nous la vidions. Mon frère et moi avons fait la chaîne pour transporter tous les disques au quatrième étage. Mutti a vite froncé les sourcils :

— Tu ne vas quand même pas mettre tout ça dans ta chambre ?

— Si. Mais rassure-toi, je laisserai un petite place pour la future chaîne hi-fi.

Et comme elle allait répliquer, j'ajoutai :

— Estime-toi heureuse, tu échappes au piano !

— Des centaines de 33 tours ? À la cave ? Mais pourquoi ?

Pierre m'agaçait avec ses questions. J'étais toute joyeuse de ma trouvaille et lui voulait explorer un passé qui ne lui appartenait pas. J'ai dû lui expliquer comment, après la mort de mon père, les disques avaient été relégués puis oubliés à la cave. C'est alors que j'ai compris Mutti. Parler de cet événement, ça m'a bouleversée ; Pierre ne s'en est sûrement pas rendu compte. Il n'a pas mesuré l'importance de ma découverte.

— Certains de ces disques t'intéresseraient sûrement !

— Peut-être. Mais ce sont les disques de ton père. Il n'est pas question que tu me les prêtes. Les vinyles sont fragiles, ils s'usent vite et peuvent se rayer.

– Tu veux bien me prêter les tiens, toi !

– Oh, ce n'est pas pareil, justement : ce sont les miens... Est-ce que tu pars, pour les fêtes ? poursuivit-il après un silence.

– Non, nous restons ici. J'attends ma chaîne avec impatience. Avec cette provision inespérée de musique, je ne m'ennuierai pas !

– Je reste aussi à Paris, murmura-t-il en baissant la tête. J'avais pensé...

Il ne me dit pas à quoi. Pierre fait partie de ces gens qui savent commencer une phrase mais ne trouvent pas les mots pour l'achever. Il me tendit un morceau de papier.

– Tiens, c'est mon numéro de téléphone.

Je lui donnai le mien. Il me parut tout à coup gauche, timide, désorienté. Il n'avait plus rien à ajouter. Ah, si :

– La semaine prochaine, je ne serai pas là.

– Mais je croyais... Tu ne voulais pas me prêter des 33 tours ?

– Si. Mais cela peut attendre, puisque tu en as tant à présent.

Je compris, mais un peu tard, que je venais de supprimer l'une des raisons de nous voir. Je voulus aussitôt rattraper le coup, lui dire – et c'était vrai – que j'avais absolument besoin de ses conseils, d'un guide... C'est lui qui, cette fois-ci, se leva et me lança :

– Bon... Eh bien à la rentrée ! Je te souhaite de bonnes fêtes.

Je n'eus pas le temps de lui répondre, il s'éloignait déjà à grandes enjambées.

DE MYSTÉRIEUSES
BANDES MAGNÉTIQUES

Noël a été particulièrement réussi cette année.

Oma et Mutti ne se sont pas moquées de moi : ma chaîne hi-fi est une petite merveille qui a dû coûter bien plus cher que prévu.

– Tu peux remercier Oma, dit Mutti. Elle en a payé une grande partie.

– Mais les disques, protesta Florent, les disques de papa, ils ne sont pas à Jeanne ?

– Non, affirma Mutti. Ils sont à tout le monde, rassure-toi. Pour l'instant, c'est Jeanne qui les a dans sa chambre. Plus tard, vous vous les partagerez.

Confusément, Florent comprenait l'importance de ma découverte. Il se sentait autant que moi propriétaire de ces disques. Mais cette musique ne l'intéressait pas.

Quant à moi, je recevais parfaitement France-Musique et Radio-Classique. Mon problème, c'était la place. Dans les cantines, les disques en tenaient peu. Dans ma chambre, on ne voyait plus qu'eux. J'ai essayé d'en dresser l'inventaire et de les classer. En consultant le dos des coffrets et des pochettes, j'ai retrouvé des dates et des lieux.

Faute d'avoir un portrait de mon père, j'ai reconstitué une partie de son itinéraire. Je me suis mise à me promener dans sa vie, de concertos en symphonies.

J'ai commencé par écouter les symphonies de Beethoven et ses cinq *Concertos pour piano*. L'ensemble est dans un coffret qui date de 1970. Le nom de papa ne figure nulle part, mais Mutti a été formelle, à cette époque, c'est lui qui enregistrait tout ce qui était interprété par l'Orchestre national de l'O.R.T.F.

Pierre me l'a bien confirmé, le rôle de l'ingénieur du son est loin d'être mineur. Il n'est ni le compositeur, ni le chef d'orchestre, ni même l'un des quatre-vingts interprètes de l'orchestre, cependant la qualité du son dépend de lui. Il peut privilégier les cordes, les cuivres, les timbales, il peut faire reculer le piano ou le mettre au contraire en relief. Une fois l'œuvre enregistrée, il est le second chef d'orchestre, celui qui va effacer les défauts et redonner parfois plus de couleur à tel ou tel instrument... Ce n'est pas un hasard si le nom de l'ingénieur du son figure désormais sur la pochette des disques, chaque enregistrement porte sa marque. Et au-delà de la musique que j'écoute, j'essaie de reconnaître la signature de mon père.

En ouvrant la seconde cantine, Florent et moi avons eu une surprise ; elle ne contenait pas seulement des disques, mais aussi des bandes magnétiques. Non pas de ces petites cassettes audio ordinaires, mais d'énormes bandes de plusieurs centaines de mètres de longueur. Mutti les a reconnues :

– Ce sont les enregistrements sur lesquels il travaillait.

– Et tu ne les as jamais écoutés ? Il y a peut-être sa voix !

– Non. Ne te monte pas la tête, Jeanne. Ce sont sans doute des prises de son ratées ou abandonnées. Peut-être même des bandes vierges.

Je n'avais pas de magnétophone pour les écouter. Elles étaient nues, sans boîtier. Elles m'intriguaient. Pierre saurait peut-être comment les décrypter.

Pierre, je l'ai revu le second mardi de janvier. Malgré le froid, il écrivait sur le banc du terre-plein. En me voyant, il s'est levé et m'a dit très solennellement :

– Je te souhaite une très bonne année, Jeanne.

– Moi aussi, Pierre, bonne année ! On s'embrasse ?

Ses joues étaient glacées.

– Tu m'attends depuis longtemps ?

– Oh, je ne t'attendais pas spécialement !

– Viens, marchons un peu. Sinon, nous allons être frigorifiés.

Machinalement, j'ai pris le chemin de la

maison. Je lui ai parlé des disques que j'avais écoutés pendant les vacances. Et des mystérieuses bandes magnétiques.

– Mon père a un magnétophone qui pourrait sûrement les lire. Il faudra que tu me les montres. Ou que tu viennes chez moi avec, si tu veux les écouter.

J'ai hésité. Nous étions arrivés au bas de mon immeuble.

– Tu veux bien monter ? Je vais te montrer les bandes magnétiques. Tu en prendras une. Par la même occasion, tu verras mes disques, enfin, ceux de mon père.

C'est lui qui parut hésiter. J'ai cru deviner ce qui le faisait reculer :

– Rassure-toi, ma mère n'est pas là. Elle a cours jusqu'à cinq heures et demie.

Il a refusé de prendre l'ascenseur, mais il est arrivé avant moi au quatrième. Florent, qui goûtait dans la cuisine, nous a évidemment aperçus. J'ai crié :

– C'est Pierre, un camarade !

Pierre a tenu à aller serrer la main de Florent. J'ai trouvé ça ridicule. Je l'ai emmené jusque dans ma chambre. Il s'est arrêté sur le seuil. Son regard s'est fixé sur la grande photo en noir et blanc épinglée au-dessus de mon lit.

– C'est Paul Niemand. Le pianiste qui...

– Oui, je l'avais reconnu. J'ai aperçu sa photo dans *Télérama*.

Enfin, il a vu les disques. Il a écarquillé les yeux.

– Eh bien… quelle collection !

Il est entré avec un recueillement étrange qui m'a touchée. Il s'est agenouillé devant une rangée de 33 tours, a saisi un album.

– *Daphnis et Chloé* par Pierre Monteux… Ça, c'est un classique ! Et là… la *Missa solemnis* de Beethoven dans sa première version, par Karajan. Je n'ai que la troisième, qui date de 1975 !

On aurait cru un astronome découvrant d'un seul coup toutes les étoiles d'une galaxie. Il ne savait pas où donner de la tête, s'exclamait, commentait, s'étonnait d'album en coffret. Il m'abreuvait de conseils multiples et contradictoires :

– Ah, il faut absolument que tu commences par écouter celui-ci… Oh non, plutôt celui-là ! Attends… Tu as aussi les *Œuvres complètes pour luth* de Jean-Sébastien Bach par John Williams, à l'époque où il était guitariste ? Bon sang, c'est l'édition d'origine… Et c'est ton père qui était ingénieur du son ?

– Pas toujours. Parfois, son nom est écrit derrière.

Les rôles étaient soudain inversés. Pierre se trouvait tout à coup dans la peau de celui qui admire et apprend. J'ai adressé à mon père un remerciement muet à l'autre bout du temps.

– Emporte tous ceux que tu veux, Pierre. Je sais que tu en prendras soin.

– Non, non… Pas maintenant. Plus tard peut-être. J'ai si peu de temps, en ce moment.

Écoute-les, toi ! Montre-moi plutôt les bandes magnétiques.

Il les a examinées, a fait la moue.

– Je peux t'en emprunter une ? Rassure-toi, j'y ferai très attention. Je te la rendrai mardi prochain.

– Je suppose que tu sauras très vite s'il y a quelque chose dessus ?

– Pas forcément. C'est compliqué, les bandes magnétiques. Tout dépend du magnétophone sur lequel elles ont été enregistrées. Tu comprends, il y a parfois plusieurs pistes et des vitesses différentes. Mais si celles-ci ont été enregistrées à la Maison de la Radio dans les années 70, on devrait parvenir à les lire.

– C'est ton père qui a des magnétophones ? Il ne serait pas ingénieur du son, lui aussi ?

– Non, non. Mais il travaille un peu dans la musique. Maintenant, il faut que je m'en aille.

Il était cinq heures vingt-cinq. Il est parti comme un voleur.

Le soir même, Florent mangea le morceau. Il est vrai que je ne lui avais pas recommandé la discrétion. Mais ces choses-là, ça se sent. Sauf, sans doute, quand on a dix ans. Au cours du dîner, il lança sur un ton faussement enjoué :

– Il a l'air gentil, Pierre.

– Oui. Il est très gentil, répondis-je sèchement.

– Quel Pierre ? demanda Mutti. Pierre Dhérault ?

– Oui, il est venu ici tout à l'heure ! crut indispensable d'ajouter Florent.

– Ah bon ?

À ce moment-là, je devais être aussi écarlate que ma salade de tomates. Je confirmai :

– Je voulais lui montrer les disques. Et je lui ai confié l'une des bandes magnétiques de papa. J'aimerais savoir ce qu'il y a dessus.

Mutti attendait sûrement des détails. Elle dut être déçue. Après quelques instants de silence, c'est elle qui ajouta, comme pour apaiser le débat ou montrer sa largeur de vues :

– Oui. Pierre Dhérault est un garçon très bien.

Elle attendait sans doute que je l'interroge sur lui. Sur son caractère ou sa conduite en classe. J'ai préféré attendre le lendemain matin. Dès que Mutti est partie au lycée, je suis allée regarder dans son secrétaire. Je sais où elle range les fiches qu'elle fait remplir à ses élèves en début d'année. J'ai vite trouvé le paquet des secondes et la fiche de Pierre, classée par ordre alphabétique.

Pierre avait un an de plus que moi. Il habitait rue Capron, dans le XVIIIe arrondissement, à cinq cents mètres de chez nous. D'une écriture un peu classique, ornée, il avait écrit :

Profession des parents.

Mère : sans profession. Invalide.

Père : compositeur /orchestrateur.

Et après avoir inscrit ce que ma mère avait dicté, « Ce que je veux faire plus tard », il avait laissé un grand vide.

MON PÈRE ÉTAIT COMPOSITEUR

Le samedi suivant, Oma vint passer la soirée à la maison. Elle voulait voir à la télévision une série larmoyante et interminable. Comme je le faisais désormais souvent, j'allai m'enfermer dans ma chambre pour écouter l'un des disques trouvés dans les deux cantines.

J'avais laissé de côté plusieurs gros coffrets que je n'avais pas encore ouverts. Quatre d'entre eux m'intriguèrent, ils ne portaient aucune marque particulière, aucun titre. Leur couverture était une illustration abstraite : une reproduction de tableaux du peintre Vasarely. Dans le premier, il n'y avait pas de disques, mais plusieurs cahiers comportant des pages et des pages de musique. C'étaient des partitions. Des partitions écrites à la main.

Je vidai le coffret.

Mon cœur se mit à battre plus fort. Je commençais à comprendre. Du moins à deviner.

Je feuilletai rapidement les premiers cahiers. Il n'y figurait aucune mention manuscrite, sinon, sous des grappes de notes, parfois, l'indication « agitato » ou « tranquillo ». D'ailleurs ils ressemblaient plutôt à des brouillons, comme si leur auteur avait noté tout cela un peu en vrac, à la hâte. Mais au fond du coffret, la dernière partition portait un titre, un titre écrit à la main, en grandes lettres bâton :

Sonate TOULOUSE
Avril 1976

et, au-dessous :

Oscar Lefleix

Ainsi, c'était là l'écriture de mon père.

J'en fus bouleversée. Il ne s'agissait plus d'enregistrements réalisés à des milliers d'exemplaires, mais de documents rédigés de sa main. Il me semblait que ces partitions m'avaient toujours été destinées, qu'elles m'attendaient. C'était un courrier qu'il m'avait autrefois adressé et que je recevais aujourd'hui.

Une fois apaisé l'écho de mon émotion, je compris la nouvelle dimension de cette découverte : mon père composait.

Après tout, depuis des années, j'espérais un témoignage de son existence, j'attendais les signes qui me permettraient d'ébaucher son portrait. La découverte des disques m'avait ravie. Celle de ces partitions, de « ses » partitions me comblait.

Fébrilement, j'ouvris les trois autres coffrets. Ils contenaient aussi des partitions. La plupart signées de sa main. Les titres de ces œuvres étaient le plus souvent des noms de villes, *Lille, Amiens, Lyon, Tours, Clermont-Ferrand, Marseille*. Parfois, des villes étrangères, *Madrid, Valence, Rome, Florence, Budapest…*

Une intuition me poussa à reprendre certains disques. Oui, les dates correspondaient ! Lorsque mon père avait enregistré un disque quelque part, le lieu, quelques mois plus tard, devenait le titre d'une œuvre. Dans les coffrets, tous ses voyages étaient là, résumés et traduits en musique. Pourquoi mon père avait-il rangé ses partitions parmi ses disques ? Je l'ignorerais sans doute toujours. Mais il avait eu une idée géniale. Ou peut-être un pressentiment.

Hélas, comment déchiffrer à vue ces mélodies ? Comment donner un sens à cette débauche de soupirs, d'altérations, de croches ?

Ah, lire la musique ! J'en étais incapable.

Je songeai aussitôt à Pierre. Lui, bien sûr, saurait jouer tous ces morceaux.

Pierre !

J'étais plongée dans la lecture aveugle des pages couvertes de notes lorsque ma porte s'ouvrit.

– Jeanne ! Mais tu ne dors pas ? Tu sais qu'il est plus d'une heure du matin ?

– Papa composait.

Mon ton fut si sec que Mutti se sentit accusée.

– Il composait ! Regarde...

Elle était réellement stupéfaite. Elle prit les partitions, les feuilleta, incrédule.

– Jeanne... je l'ignorais, je te le jure !

– Il ne t'en a jamais parlé ? Enfin Mutti, papa jouait du piano !

Le trouble de Mutti était évident. Au fur et à mesure qu'elle fouillait dans sa mémoire, elle semblait de moins en moins sûre d'elle. Elle murmura :

– Il jouait rarement devant moi. Le piano était dans son auditorium, où je n'allais jamais. Moi, tu sais, la musique... D'ailleurs, regarde les dates, elles sont antérieures à 1983, l'année où nous nous sommes connus.

Je crois que je détestais Mutti à cet instant-là. Et je me demandais ce qui avait pu pousser mon père à l'épouser, lui qui devait aimer passionnément la musique.

– Il faut dormir, maintenant. Nous reparlerons de tout ça demain matin. Gute Nacht, Liebchen[1].

Dormir ? Comment songer à dormir après cette découverte ? Je reconnaissais bien là Mutti : le jour de la fin du monde, elle me demanderait d'abord de faire mon lit.

Le lendemain matin, au petit-déjeuner, elle voulut éluder le sujet :

– Je comprends ton émotion, Jeanne. Je comprends ce que tu ressens. Mais il ne faudrait pas que cela te préoccupe... Il y a le brevet, le passage en seconde...

– Comment ? Papa composait et tu voudrais que je range ses partitions dans un tiroir en attendant la fin de l'année ? Pourquoi ne pas les remettre carrément dans les cantines et

1. Bonne nuit, ma chérie.

64

redescendre le tout à la cave ? Hein, après tout, pourquoi pas ?

– Jeanne, je n'ai pas dit cela !

– Imagine que j'aie découvert des manuscrits. Que papa ait été un écrivain et que personne n'en ait jamais rien su, il disparaît et nous retrouvons des écrits de sa main. Des textes qui parlent de lui. Ne voudrais-tu pas au moins les lire ? Et même les faire publier ?

– Je ne sais pas lire la musique, Jeanne. Mais nous montrerons ces partitions à quelqu'un.

J'avais du mal à maîtriser la colère qui m'étouffait.

– Nous ? Si tu avais voulu retrouver une trace de Papa, Mutti, peut-être aurais-tu commencé, il y a dix ans, par regarder dans ses disques ! Et maintenant que j'ai retrouvé ses partitions, tu voudrais les montrer à quelqu'un ? Et à qui ?

– Je ne sais pas encore. Nous verrons.

– Eh bien moi, je sais !

Mutti baissa la tête avec lassitude. Elle alla vers la fenêtre de la cuisine et fixa le lointain, c'est-à-dire l'immeuble voisin. Au bout d'un long moment, elle murmura sans se retourner :

– Vois-tu, Jeanne, pendant des années, j'ai été incapable d'évoquer jusqu'au souvenir de ton père. Tout ce qui le touchait de près ou de loin, les mots qui me le rappelaient, les lieux où nous étions passés ensemble... tout cela me faisait mal. Ici, c'est devenu un refuge. Un lieu neutre. Et voilà que tu ouvres une porte qui...

– Dis-moi la vérité, Mutti. As-tu gardé autre chose qui le concerne et dont tu ne m'aurais jamais parlé ? Des photos ?

– Rien. Je te le jure.

Elle me regarda enfin, pour me montrer qu'elle disait la vérité. Il y eut encore un silence. L'écho d'une haine inconnue me poussa soudain à ajouter :

– Parfois, je me demande si tu l'aimais.

Son regard devint humide et dur. Elle murmura comme pour elle-même :

– J'ignore si ta mère a pu aimer ton père autant que moi, Jeanne. Oui. Je l'ai aimé. Au-delà de sa mort je l'aime encore et je lui suis fidèle. Plus tard, peut-être te poseras-tu les questions que tu es incapable de te poser aujourd'hui.

– Ah bon ? Lesquelles ?

J'étais stupidement agressive. Mutti, elle, ne l'était plus du tout. Elle murmura :

– Est-ce que ton père m'a vraiment aimée, lui ?

Cette interrogation me troubla. Elle ne me serait jamais venue à l'esprit.

– Vois-tu, ajouta-t-elle, ton père a sur moi un avantage immense et que je ne parviendrai pas à combler.

Elle me prit le visage entre ses mains et me dit bien en face, à voix haute, des mots que je ne l'avais jamais entendue prononcer :

– Il est mort.

CHEZ PIERRE

Le mardi suivant, Pierre n'était pas là. D'abord, j'en fus inquiète, puis mortifiée. Un vent glacé soufflait dans les arbres nus de l'allée. Allais-je l'attendre ?

J'hésitais lorsque je l'aperçus qui quittait l'un des cafés du boulevard. Il courut pour me rejoindre. Il était habillé d'un gros anorak de ski rouge, comme on en portait il y a dix ans. Il n'avait pas peur du ridicule... J'étais soudain soulagée et contente de le voir.

En guise de salut, il me tendit la bande magnétique.

– C'est de la musique. Du piano.

Peu à peu, le cercle se fermait. J'étais presque sûre de ce qu'il allait me répondre.

– Et c'est de qui ?

– Je ne sais pas. C'est une œuvre contemporaine. Dodécaphonique[1]. Je ne la connais pas. Je ne connais pas tout, Jeanne.

Je ne voulais encore rien révéler à Pierre. Je lui demandai, faussement indifférente :

– Et... qu'est-ce que tu en penses, de cette musique ? Qu'est-ce que ça vaut ?

---

1. Écrite sans ton particulier, en utilisant la série des douze sons de la gamme chromatique.

Il hocha la tête, comme pour peser ses mots.

– C'est superbe. C'est attachant et fort. Ça me touche beaucoup.

Alors, je sortis les partitions de mon sac.

– Tu veux bien jeter un coup d'œil ?

Pierre lit vraiment la musique ! Je vis son regard parcourir les notes, déchiffrer sur les pages des morceaux entiers. Parfois, il s'arrêtait, peut-être surpris par un accord ou une indication en marge. Malgré le froid, il feuilleta les livrets pendant de longues minutes. Il semblait très intéressé.

– Il faudrait... il faudrait voir ce que ça donne au piano, dit-il enfin. Tu peux m'en laisser une ? Qui a composé ça ?

– Mon père.

– Ah !

Il parut perplexe. Ou impressionné. Peut-être les deux à la fois.

– Eh bien, je crois que ton père était un vrai compositeur, Jeanne. Tu ne me l'avais pas dit. Pourquoi ? Explique-moi...

Je n'avais pas envie de lui parler de ma famille. Pas maintenant. Il faisait très froid. Je piétinais sur place.

– Pierre, est-ce que tu pourrais m'enregistrer cette bande magnétique, tu sais, en faire une copie sur cassette, pour que je puisse l'entendre ?

– Oui. Quand tu voudras. Tout de suite, même ! Si tu as un moment, viens donc chez moi. Je te ferai entendre la bande originale.

Si je n'acceptais pas, il me faudrait attendre la copie jusqu'au mardi suivant. Pour achever de me convaincre, il ajouta :

– Ma mère est à la maison.

– D'accord. Mais pas plus d'une demi-heure.

Son regard s'illumina. Pour m'entraîner sur l'allée, il me saisit la main. Je ne la retirai pas.

Le trajet ne fut pas très long : après la place Clichy, il s'engagea dans une ruelle étroite. Il me fit entrer dans une grande maison assez laide, dont le rez-de-chaussée ressemblait à un hangar. Nous traversâmes un couloir qui tenait du dépôt et de l'atelier.

– Ici, m'expliqua-t-il, c'est une menuiserie. Nous habitons au premier. Comme ça, personne ne se plaint du bruit.

L'appartement de Pierre ressemblait à un atelier d'artiste. Au centre de la pièce principale se dressait un superbe piano à queue. En apercevant le minuscule coin cuisine, je me demandai où les Dhérault prenaient leurs repas. Mais en examinant mieux le décor, je compris que manger devait être ici une activité très secondaire.

Pierre se dirigea vers un meuble où nichaient plusieurs appareils. Je reconnus un, non, deux synthétiseurs. Il plaça la bande magnétique sur un gros magnétophone. Tout à coup, une voix surgit d'une pièce attenante dont la porte était entrouverte :

– Pierre, c'est toi ?

– Oui, maman.

À voix basse, il m'expliqua :

– C'est ma mère. Viens la saluer.

Nous entrâmes dans une petite chambre et je fis aussitôt face à une dame au visage dur et au regard acéré. Elle se tenait dans un fauteuil roulant, une couverture sur les genoux. Je me sentis impitoyablement dévisagée.

– Je te présente Jeanne, une camarade du lycée.

– Bonjour madame.

– Mademoiselle...

Elle m'adressa un sourire qui me fit l'effet d'une gifle. Pierre dut voir combien j'étais mortifiée. De retour dans la grande pièce, il me rassura à voix basse :

– Ne t'inquiète pas, elle est toujours comme ça.

Soudain, des notes retentirent dans la pièce. Le son était si vrai, si proche, que je me retournai instinctivement vers le piano. Mais Pierre me désigna des haut-parleurs suspendus aux murs.

J'écoutai. Complètement désorientée, j'avais des difficultés à suivre la moindre ligne mélodique dans cette cascade de sons qui, au premier abord, n'avaient aucun sens. Mais quelque chose émergea peu à peu, une pâle lueur sur une mer en colère... Et tout à coup, cette clarté qu'on aurait crue timide se déversa tout entière, illumina l'océan, faisant corps avec lui dans une étrange étreinte.

Cela ne ressemblait à rien de ce que je connaissais.

Le piano se tut brutalement. Quelques notes, plusieurs accords résonnèrent, maladroitement répétés, comme un acteur balbutie sans trouver la suite de son texte. Et le silence se fit.

– C'est inachevé, expliqua Pierre. Alors, qu'en penses-tu ?

J'étais bouleversée. J'avais là un témoignage vivant de mon père, non seulement de la musique qu'il avait composée, mais qu'il avait lui-même interprétée.

– Pierre... est-ce que je peux réentendre la bande ?

Le même tableau sonore surgit. Le même ? Non, pas tout à fait. Déjà, il prenait plus d'ampleur, plus de sens, comme ces textes qui ne paraissent obscurs qu'à la première lecture. En même temps, j'imaginais, je voyais mon père au piano. D'ailleurs, n'était-ce pas lui qui jouait, en ce moment-même ?

Je l'apercevais dos tourné. Comme le Paul Niemand du concert, lui non plus n'avait pas de visage. Mais il possédait une âme. Qui sait si je ne pénétrais pas mieux ainsi son caractère que si j'avais vécu dix ans à ses côtés ?

– Eh bien ? insista Pierre quand le morceau fut achevé.

– Je crois que c'est très beau. Mais comment t'expliquer ? Je ne peux pas juger, je suis sa fille.

– Je comprends.

Pierre avait posé sur le pupitre du piano l'une des partitions de mon père. Il s'assit au clavier et commença à jouer. C'était une pièce très lente, sans mélodie apparente, là non plus. Parfois, de cette brume informe jaillissaient de joyeux trilles trop brefs, comme autant d'oiseaux minuscules essayant de percer l'angoisse et l'obscurité.

Bien que ce morceau fût très différent de celui qui était enregistré sur la bande magnétique, je fus frappée par leur parenté. Certains sons me paraissaient identiques. C'était le même volume sonore, le même timbre. Je crois que je faillis penser : « la même façon de jouer ».

Je ne sais pourquoi je m'accroupis aux pieds du piano à queue. Peut-être pour éprouver une sensation qui me semblait familière. Autrefois, je m'étais trouvée sous un toit semblable, noyée par des sons violents qui jaillissaient là, tout près. Il y avait jusqu'à la veinure du palissandre qui me rappelait quelque chose...

J'ai trois ou quatre ans. Mon père est au piano, il joue. Et je joue moi aussi, à ses pieds. Notre complicité me revient en mémoire à travers sa musique. La musique, mon père, le piano, et ces flots de notes qui m'envahissent forment un bloc compact, amical, cohérent. Et il suffit que m'effleure un reflet de ce souvenir enfoui pour que l'ensemble se reconstruise et reprenne vie. Un instant.

Bientôt, Pierre hésita, reprit, revint en arrière, s'interrompit définitivement.

– Il faudrait… il faudrait que j'étudie un peu ces morceaux avant d'essayer de les jouer. Tu peux me laisser les partitions ?

– Oui.

Je ne lui avouai pas que c'étaient des photocopies. Les originaux se trouvaient dans ma chambre et il n'était pas question de m'en séparer.

– Ces partitions, tu les montreras à ton père ?

– Peut-être. Je ne sais pas… Pourquoi ?

– Il pourrait donner son avis. Est-ce qu'il ne travaille pas dans la musique, lui aussi ?

– Si, évidemment.

Pierre me désigna les instruments, le piano, les synthétiseurs. Ma déduction n'avait rien d'extraordinaire. J'avais toutefois une crainte inavouable : que son père n'utilise la musique du mien. Qu'il pille l'œuvre de ce musicien disparu et devienne l'usurpateur de son génie.

– Il ne serait pas… compositeur lui aussi ?

Pierre me regarda bizarrement, comme s'il se demandait de qui je l'avais appris, ou quelles obscures pensées se cachaient derrière ma question.

Sans répondre, il plaça sur le magnétophone l'une des nombreuses bandes qui s'alignaient, tels des livres précieux, sur un rayonnage. Une mélodie jaillit dans la pièce. C'était un thème simple, familier, interprété par un grand orchestre. Je le reconnus aussitôt :

– Mais c'est la musique d'*Un amour d'été* !

– Oui. Voilà ce que mon père compose. De la musique pour les feuilletons de la télé.

Pierre semblait n'en tirer aucune fierté.

– Eh, mais tout le monde connaît cette musique ! Ton père est donc célèbre ?

– Oui. D'une certaine façon, il est célèbre, « surtout dans les supermarchés », comme il le dit lui-même.

Je voulus lui répondre... Non, c'était inutile ; avoir un père vivant, c'est un bien qu'on ne peut apprécier. On ne prend conscience de certaines richesses qu'une fois qu'on en est privé.

Mes inquiétudes s'étaient soudain dissipées. Pourquoi ?

– Oh... il est tard ! Il faut que je file.

– Tu veux que je te raccompagne ? Il fait nuit.

– Tu plaisantes ? C'est à deux pas.

Je suis rentrée le cœur joyeux. Arrivée dans ma chambre, je m'aperçus que Pierre et moi avions totalement oublié de faire ce pour quoi j'étais venue chez lui : enregistrer la bande magnétique de mon père.

QUI ÉTAIT OSCAR LEFLEIX ?

Le mardi suivant, il neigeait lorsque je quittai Chaptal. Je ne fus pas étonnée d'apercevoir le banc vide. Je jetai un coup d'œil vers le café d'où Pierre était sorti la semaine précédente. Il était là, debout derrière la vitre et me faisait de grands signes du bras. C'était bien inutile, avec son anorak rouge, n'importe qui l'aurait reconnu à deux kilomètres.

J'hésitai avant d'aller le rejoindre. Mutti allait bientôt sortir, je ne tenais pas à ce qu'elle me voie ici, surtout en compagnie d'un garçon.

Pourtant, j'entrai.

– On va au fond ?

Nous nous sommes réfugiés le plus loin possible de la rue. C'était la première fois que je me trouvais dans une telle situation. J'espérais qu'elle se prolongerait. C'était agréable et douillet, à l'image de ce coin presque intime de bistrot.

Je ne sais pas très bien ce que j'attendais à cet instant-là. Que Pierre me prenne la main, comme la semaine précédente. Qu'il me dise quelque chose de gentil.

Eh bien non. Il ne fit rien de tout ça. Les garçons, je crois, ont l'art d'entreprendre les choses les plus sottes et les plus inattendues quand ce n'est vraiment pas le moment et de ne rien tenter quand la situation devient propice. Pierre, à ma grande déception, n'échappait pas à la règle. Il posa sur la table le gros paquet de partitions. Il avait l'air grave, presque sévère.

– Jeanne, ne crois pas que je sois indiscret. Mais j'aimerais que tu me parles de ton père. Tu veux bien ?

Je soupirai et je voulus faire la brave :

– Oh, c'est Mutti que le sujet dérange. Pas moi.

Le garçon apporta deux grands chocolats fumants. Pierre plaça ses deux mains sur la tasse, comme pour les réchauffer, et dans l'attitude de quelqu'un décidé à écouter. Après tout, pourquoi pas ? Lui parler de mon père, c'était un peu lui parler de moi.

– Qu'est-ce que tu veux savoir ?

– Tout.

– Moi aussi, j'aimerais bien tout savoir sur mon père, mais ce n'est pas facile. Tu vas vite comprendre pourquoi... Mon père s'appelait Oscar Lefleix. Il est né en 1940, en pleine guerre. Il a sûrement eu une enfance difficile. En 1943 ou 1944, ses parents ont été déportés ; je crois qu'ils sont morts dans un camp, en Allemagne. Après la libération, mon père a été pris en charge par l'État. Il était ce qu'on appelait à l'époque pupille de la Nation. Ça ne l'a pas empêché de faire de bonnes études, puisqu'il est devenu ingénieur du son. Dans les années soixante, il est entré à la Maison de la Radio : tu sais, cette grande bâtisse métallique, près de la Seine ?

– Oui, bien sûr. À l'époque, c'était l'O.R.T.F., l'Office de radiodiffusion-télévision françaises.

– Mon père y est devenu ingénieur du son. Mais il se rendait souvent en province ou à l'étranger pour enregistrer des concerts. Au début, il vivait seul à Paris, dans un studio minuscule, celui qu'occupe ma grand-mère actuellement. Et puis il a fait la connaissance de ma mère, Odile, dont je ne sais presque rien. Ils ont alors acheté une grande maison isolée, dans le sud de la France.

– Pourtant, ton père travaillait à Paris ?

– Oui. Et je crois qu'il utilisait son studio comme une chambre d'hôtel. Leur vraie maison, c'était celle de Callas.

– Callas ?

– C'est un village au nord de Draguignan. La maison se trouvait dans la garrigue, à deux kilomètres de la route. Mes parents captaient l'eau d'une source toute proche. Ils produisaient l'électricité avec un groupe électrogène.

– C'était très rustique…

– Rustique et pourtant luxueux. Car mon père a fait construire à cent mètres de la maison un auditorium : une salle ronde en béton, indépendante, dans laquelle il a réuni tout son matériel d'enregistrement et un grand piano à queue comme le tien. J'ignore pourquoi.

– C'était sûrement une question d'acoustique, dit Pierre.

– Ma mère et mon père se sont mariés en 1975. Ils ont vécu là-bas jusqu'à ma naissance, en 1981.

– Tu y es née ?

– Oui, à Callas, dans cette grande maison. Là encore, j'ignore dans quelles circonstances exactes. Mais ce fut un accouchement difficile et prématuré. Ma mère ne m'attendait pas si tôt. Je suppose que mon père n'était pas là, sinon il l'aurait emmenée à l'hôpital. Elle est morte en me mettant au monde, c'est tout ce que je sais. La preuve figure en toutes lettres sur le livret de famille : je suis née le jour-même où elle est décédée.

– Et ton père t'a élevée seul à partir de ce moment-là ?

– Oui. Mais je ne me souviens pratiquement de rien... L'odeur de la pinède, la musique, le soir... Et je me revois aux pieds de mon père, lorsqu'il jouait du piano.

– Désormais, je crois que je peux faire la jonction, dit Pierre. Ensuite, ton père a fait la connaissance de madame Lefleix, je veux dire...

– Elle s'appelle Grete. Avant son mariage, Grete Kühn.

– Et quand l'a-t-il rencontrée ?

– Mutti affirme que c'était en 1983, à Cologne. À mon avis, il l'a connue avant. Peut-être même avant que ma mère disparaisse. Mais c'est sans importance. Mon père était jeune et veuf, avec un bébé à élever, il ne pouvait pas rester seul très longtemps. Il voulait sûrement que j'aie une mère. Et Mutti a toujours rempli ce rôle, c'est vrai.

– En somme, tu n'as jamais connu qu'elle ?

– À cette époque, Grete enseignait le français. Elle avait treize ans de moins que mon père. Ils se sont mariés en 1984. Florent est né l'année suivante. Une famille se reconstituait.

Je regardai autour de moi. Indifférents, les consommateurs parlaient, riaient ou discutaient à voix basse, créant une frontière étrangement sécurisante.

J'ajoutai avec un nœud dans la voix :

– Et un nouveau drame a rapidement tout détruit.

Pourquoi me confier ainsi à Pierre ? Parce qu'il me l'avait demandé ? Non, cela me soulageait de faire ce retour en arrière, d'exprimer ce passé trop longtemps refoulé. Et j'étais heureuse que ce fût lui, mon confident. Même si ce qui allait suivre risquait d'être plus douloureux encore.

Cette fois, Pierre me saisit la main. Mais ce geste n'arrivait plus du tout au moment où je l'avais souhaité.

– Écoute, Jeanne, si tu ne veux pas continuer...

– C'était en 1985, à la fin du mois de septembre. Florent n'était pas encore né. Mon père se trouvait seul dans la grande maison de Callas, et Grete, enceinte de six mois, était avec

79

moi, à Paris. Elle essayait de régler sa situation professionnelle pour enseigner l'allemand dans la capitale, comme suppléante. Je suppose que pour rien au monde, mon père n'aurait voulu prendre le risque que le futur bébé naisse dans cette grande maison. J'étais encore en maternelle... Je vais te dire les choses comme Mutti me les a racontées, je n'ai pas d'autre version des faits. Un matin, elle a reçu un appel de la gendarmerie. Il fallait qu'elle se rende au plus vite à Callas, un incendie avait dévasté la propriété et mon père était mort. Mutti a téléphoné à sa mère, en Allemagne, pour qu'elle vienne.

– Sa mère, c'est la dame que tu appelles Oma ?

– Oui... Mutti, épouvantée, s'est rendue sur les lieux. De la maison, il ne restait que quatre murs noircis. On n'a jamais su si l'incendie qui avait éclaté dans la garrigue avait été accidentel ou criminel, mais quelle importance ? Il s'était déclaré dans la nuit. Les pompiers étaient intervenus très vite, trop tard toutefois pour évacuer cette zone : poussé par un violent mistral, le feu avait rapidement atteint et ravagé le domaine. Par la suite, les pompiers ont expliqué qu'il était très imprudent d'avoir négligé de débroussailler autour de la maison. Seul l'auditorium avait très peu souffert.

Ces souvenirs, je ne les ai pas vécus, bien sûr, puisque j'étais à Paris. Mais ma gorge se serait comme si l'événement datait d'hier, comme si c'était moi qui étais allée reconnaître le corps de mon père sur place.

– Les meubles, les livres, les papiers de famille... Tout avait brûlé. On a retrouvé le corps calciné de mon père dans le couloir qui menait à sa chambre. Les pompiers ont tenté de reconstituer ce qui s'était passé. Mon père avait peut-être pris des somnifères. Il avait laissé toutes les fenêtres ouvertes. La chaleur l'a sans doute réveillé. Il a tenté de fuir, mais il a péri asphyxié. Il paraît qu'il n'a pas souffert. En tout cas pas longtemps. Pendant un incendie, on meurt étouffé avant de brûler. C'est ce qui est arrivé.

À présent, j'étais épuisée.

– Longtemps, ajoutai-je avec amertume, je me suis imaginée que c'était quelqu'un d'autre qui était mort. Je voulais croire mon père vivant. Enfant, j'échafaudais d'invraisemblables théories destinées à me convaincre qu'il reviendrait un jour. À huit ans, j'en ai parlé à Mutti. Elle m'a giflée, a hurlé : « Ton père est bien mort, tu entends ? J'ai identifié son corps. Que veux-tu savoir encore ? » Je n'ai plus évoqué le sujet. Jusqu'à ces derniers jours, certains mots n'étaient jamais prononcés à la maison.

– Je comprends. Tu ne peux pas en vouloir à madame Lefleix. Cette histoire l'a traumatisée.

– Mais j'ai le droit de savoir qui était mon père, tu ne penses pas, Pierre ?

– Tu le sais : ce que tu viens de me raconter...

– Tout cela, je l'ai déduit, glané, rassemblé année après année. Ce sont les morceaux d'un puzzle qui restera toujours incomplet ! Ma vraie mère reste une inconnue et je ne me risque pas à poser des questions sur elle.

– Pourquoi ?

– Parce que ce serait injuste pour Mutti. Ma mère m'a portée sept mois ; Mutti m'a élevée pendant dix ans. Et puis à quoi bon l'interroger ? Elle ne sait rien d'Odile, mon père n'a pas dû beaucoup lui en parler ! J'ai été tenue à l'écart de mes vrais parents...

Pierre semblait réfléchir.

– Attends... Ta belle-mère ignorait que ton père composait ? Et ils ont vécu deux ans ensemble ?

– Tout ce qu'elle sait, c'est qu'il jouait du piano. Et qu'il écoutait des disques.

Pierre secouait la tête, presque convaincu :

– Ça se tient, Jeanne. La vie de ton père avait dû bien changer après la mort de ta mère : il s'occupait certainement de toi, il n'avait sûrement pas le cœur à composer... Et dès qu'il a épousé Grete, il y a eu Florent. Madame Lefleix ne s'intéressait peut-être pas à la musique ?

– Très peu. Pourtant, elle aurait dû ... Une Allemande !

Pierre sourit avec indulgence devant ma mauvaise foi.

– Les partitions, les disques... tout cela se trouvait dans l'auditorium ?

82

– Oui.

– Après l'incendie, que s'est-il passé ?

– L'assurance a payé. Mais pour rien au monde Mutti n'aurait fait reconstruire la maison. Il n'était même plus question pour elle de revenir vivre dans cette région. Elle a averti les collègues de mon père. Certains lui ont racheté une partie du matériel de l'auditorium. Le reste a été liquidé sur place, en salle des ventes…

– Sauf les deux cantines qui contenaient les disques, les bandes magnétiques et les partitions ?

– Oui. C'est tout ce que Mutti pouvait rapporter dans sa voiture. Et encore, je ne sais pas où elle a pu les ranger. Car nous nous sommes retrouvés à quatre dans un studio minuscule.

– Quatre ?

– Mutti et moi. Puis Florent, qui est né en décembre. Et Oma, la mère de Mutti, qui a décidé de rester en France avec elle. La maison de Callas, ou plutôt le terrain et ce qui restait dessus, ont été vendus. Avec cet argent, Mutti a acheté à Paris l'appartement où nous vivons aujourd'hui.

Pierre comprit que j'étais lasse, que je voulais en finir.

– Et Callas ? Tu n'y es jamais retournée ?

– Si. Il y a deux ans. Mutti nous a emmenés à Draguignan. Elle n'a pas pu aller plus loin. Elle nous a mis dans un taxi, Florent et moi.

– Eh oui, murmura Pierre, c'est que Florent n'a jamais connu son père, lui !

– Nous n'avons rien vu. Les nouveaux propriétaires ont fait bâtir une villa provençale sur les ruines. Ils ont rasé l'auditorium pour des raisons d'esthétique, ont-ils dit. Tout a disparu.

Je me tus. Pierre respecta mon silence. C'est moi qui le rompis :

– Songe qu'avant de découvrir les disques et les partitions, je n'avais aucune trace de mon père. Aucun objet. Aucune preuve de son existence.

J'ajoutai à voix basse, car c'était mon regret le plus poignant :

– Même pas une photo. Je suis condamnée à ignorer à quoi ressemblait mon père. C'est une ombre. Un fantôme. Il n'a pas de visage.

– Mais il a une voix désormais.

DES SEMAINES DIFFICILES

La « voix » de mon père, je l'écoutais souvent.

J'avais demandé à Pierre de me faire, sur cassette, une copie des bandes magnétiques. Beaucoup ne contenaient que de la musique enregistrée. Des concerts très anciens, puisque le commentateur, d'une voix officielle, un peu vieillotte, annonçait avec emphase :

« Merci d'être à l'écoute de France IV. L'émission que vous allez entendre va être retransmise en stéréophonie. Vous pouvez procéder au réglage de votre récepteur. Voici la voix droite... »

J'attendais avec impatience le moment où serait annoncé : « Mise en ondes, Oscar Lefleix ! »

À cette époque, le nom de l'ingénieur du son était toujours cité au générique. Il y avait un « metteur en ondes » comme existe, au théâtre, un « metteur en scène ». Ces concerts étaient retransmis en direct (un direct qui datait de trente ou quarante ans !) et comportaient des œuvres de musique contemporaine : Pierre Boulez, Pierre Schaeffer, Henri Dutilleux, Krzisztof Penderecki, Olivier Messiaen, György Ligeti...

Malgré toute ma bonne volonté, je restais hermétique à ces musiques. À ces concerts déconcertants, je préférais les enregistrements des trois dernières bandes magnétiques.

C'était du piano. Des pièces d'Oscar Lefleix enregistrées en direct. Par le compositeur lui-même qui était en l'occurrence son propre ingénieur du son. Des morceaux inachevés, inaboutis. Des phrases parfois isolées. Des thèmes jetés en vrac... Des brouillons.

Mais ces enregistrements étaient mille fois plus précieux que les précédents, parce que mon père se trouvait au piano.

Pierre, qui avait étudié les partitions, m'expliqua pourquoi ces morceaux n'étaient pas achevés :

– Ton père improvisait avant de noter sa musique. Il enregistrait ses essais, il les réécoutait et retenait le meilleur pour le retranscrire définitivement.

Hélas, aucun des trois enregistrements ne comportait une œuvre intégrale. C'étaient trois ébauches de sonates différentes. La mort avait interrompu la tâche du musicien.

Les œuvres achevées, elles, se trouvaient proprement notées sur les partitions. Mais mon père n'avait pas jugé utile d'en enregistrer une seule. Il lui suffisait de savoir qu'elles étaient fixées sur le papier.

Pierre me rendit mes cassettes et les bandes magnétiques d'origine. Le soir même, tandis que Florent regardait la télévision, j'entraînai Mutti dans ma chambre, l'invitai à s'asseoir sur mon lit :

– Tu as un moment ? Écoute.

Je lui fis entendre la plus longue des sonates inachevées de mon père, cinq minutes d'une musique dont les harmonies étranges commençaient à me devenir familières. Mutti fronçait les sourcils, émue ou étonnée. Quand le son du piano se tut, sur un accord en forme d'interrogation renouvelée, elle me considéra avec un sourire forcé.

– Il jouait très bien, tu ne trouves pas ?

Mutti répondait à côté. Quand on regarde *La Joconde*, à quoi bon déclarer que le peintre savait bien dessiner ?

– Mais que penses-tu de la musique, Mutti ?

Elle réfléchit, comme pour bien peser ses mots, sans doute de peur de me blesser.

– Je la trouve… bizarre, pour tout t'avouer ! En l'écoutant, quand je songe qu'Oscar est au piano, je suis bouleversée, Jeanne. Mais moins que je n'aurais pu le craindre. Comment t'expliquer ? Cette musique… cela ne lui ressemble pas. Sie ist fremd[1].

J'ai haussé les épaules. Mutti a peut-être du cœur, mais elle n'a pas beaucoup d'oreille. Cette musique ne peut que ressembler à mon père. D'abord parce que c'est le seul portrait de lui qu'il m'a laissé. Et ensuite parce que la bonne façon de pénétrer l'intimité d'un musi-

---

1. Elle est étrangère.

cien, ce n'est pas de regarder sa photo ni même de vivre deux années à ses côtés, c'est d'écouter sa voix intérieure.

Cela, Pierre me l'a appris avec son exposé sur Schubert.

Le printemps venait d'arriver. Un mercredi après-midi où Mutti avait emmené Florent au musée, j'invitai Pierre à la maison.

Quand il sonna à la porte, je jetai un sifflement d'admiration : il avait fait un effort vestimentaire. Pour dissimuler son embarras, il me fourra un paquet dans les bras :

– Ce sont quelques disques. Des compacts pour ne pas faire concurrence à ton père.

Je restai stupéfaite devant l'énorme coffret : *L'intégrale de l'œuvre pour piano de Franz Schubert par Amado Riccorini.*

– Pierre... C'est de la folie ! Ça a dû te coûter une fortune !

– Pas un sou !

Comme j'avais de la peine à le croire, il insista :

– Mais si, je te jure !

Il prit un air canaille qui ne lui allait pas du tout, ajouta :

– Je l'ai volé !

– Ce n'est pas vrai...

– Non, ce n'est pas vrai. Tu veux que je te le dise ? Eh bien c'est un cadeau qu'on m'a fait. Et comme j'ai déjà ce coffret, j'ai pensé qu'il te ferait plaisir.

Je me suis jetée à son cou et il en est resté tout bête.

– Pierre, j'ai quelque chose à te demander.

Je lui ai montré la pile de partitions sur mon bureau.

– Ce sont les œuvres de mon père. Certaines comportent un titre, mais pas de date ; d'autres une date, mais pas de titre. Je ne sais pas comment les classer.

– Laisse-moi voir.

Nous avons passé un certain temps à éplucher les partitions. En haut de chaque première page, Pierre notait au crayon mon prénom, *Jeanne*, suivi d'un numéro.

Il m'expliqua que l'œuvre de chaque musicien comportait un numéro d'opus correspondant à l'ordre chronologique. Pour Prokofiev, il en existe 138. Pour Jean-Sébastien Bach, plus de mille.

– Parfois, le mot opus est remplacé par le nom de la personne qui a reconstitué la chronologie de l'œuvre. Par exemple, *Longo* ou *Kirkpatrick* pour Scarlatti ou *Deutsch* pour Schubert. Pour Bach, les initiales *B.W.V.* signifient *Bach Werke Verzeichnis*, c'est-à-dire le catalogue de ses œuvres.

– Mais pourquoi *Jeanne* ?

– C'est bien toi qui as retrouvé et reconstitué l'ordre des œuvres de ton père, non ? Il y en a trente-sept.

– Tu m'as un peu aidée. Mais je voudrais encore te demander quelque chose. J'aimerais…

j'aimerais entendre la musique qu'elles contiennent. Écouter ne serait-ce que l'une de ces sonates, dans son intégralité. Tu comprends ?

– Oui.

Il semblait tout à coup perplexe.

– Tu connais la musique, n'est-ce pas ? Est-ce que tu ne pourrais pas me jouer l'un de ces morceaux ? Tu avais commencé, l'autre jour.

– Oui, mais justement, ces œuvres sont difficiles. Il faudrait que tu me laisses du temps.

Je compris que Pierre ne voulait pas me refuser ce service, mais qu'il allait lui coûter beaucoup de peine, sans doute de longues heures de travail. Il devait avoir autre chose à faire en ce moment, en seconde. Je crus bon de justifier :

– J'aimerais que l'œuvre de mon père existe. Comment lui redonner vie ?

– Il faudrait qu'elle soit interprétée et publiée.

– Publiée ? On publie de la musique comme on publie des livres ?

– Bien sûr ! Pour interpréter une œuvre, il faut bien que les musiciens achètent les partitions !

– Et où ça ?

– Chez des éditeurs de musique. L'un des plus importants s'appelle Durand ; il se trouve rue du Faubourg-Saint-Honoré.

Aussitôt, je sus ce qu'il me restait à faire.

Chez Durand, j'expliquai ma découverte, l'existence des bandes magnétiques, et je montrai les partitions. L'employée les parcourut un instant.

– Attendez, mademoiselle, je ne comprends pas très bien. Votre père, Oscar Lefleix, était donc compositeur ? A-t-il déjà été interprété ?

– Non. Enfin... je ne crois pas. En tout cas, je ne pense pas que sa musique ait jamais été éditée.

– Oh, cela, je puis vous l'affirmer ! me répondit-elle avec un sourire. Le nom d'Oscar Lefleix ne figure pas dans nos catalogues.

– Précisément, je souhaiterais que vous éditiez sa musique, afin qu'elle soit jouée.

La dame sembla embarrassée. Elle m'expliqua en prenant mille précautions qu'une édition coûtait très cher et n'intervenait habituellement que lorsque l'œuvre avait déjà été jouée, et même plusieurs fois !

C'était un cercle vicieux.

– Et si je vous payais pour les éditer ?

La dame me considéra avec une commisération émue.

– Je crains fort que ce soit au-dessus de vos moyens.

Je repartis la rage au cœur et mes partitions sous le bras.

Quelques jours plus tard, au moment où je m'apprêtais à rentrer dans l'appartement, Oma m'appela depuis son palier qui est voisin du nôtre. Elle me fit entrer dans son studio et me montra le journal à la page des spectacles :

– Regarde, est-ce que ce n'est pas ton pianiste préféré ?

C'était lui : « Paul Niemand en concert salle Gaveau le 12 avril : Bach, Schubert, Prokofiev ».

– Fantastique ! Il faut que j'y aille.

– Avec qui ?

J'oubliais que Mutti ne permettait pas que je sorte seule.

– Sei ruhig[1] Oma, j'ai ma petite idée.

– Ah bon ? Dommage, j'en avais une autre.

Pauvre Oma. J'ai été bien injuste. Après tout, c'était grâce à elle si j'avais, en début d'année, assisté à ce premier concert qui avait été à l'origine de tant de découvertes !

Je retrouvai Pierre sur le banc. Le temps était désormais assez clément pour que nous restions à bavarder à l'extérieur. Je n'y allai pas par quatre chemins :

– Paul Niemand… tu sais, le pianiste sans visage ? Eh bien il passe salle Gaveau le 12 avril.

J'eus la nette impression que Pierre mima l'enthousiasme pour me répondre :

– Oh ! Formidable. Et tu penses aller à son récital ?

– Je ne le raterais pour rien au monde. Et comme c'est à mon tour de t'offrir quelque chose, je serais ravie si nous y allions ensemble.

---

1. Sois tranquille.

– Attends... Le 12 avril ? Ça tombe pendant les vacances de Pâques, non ?
– En effet. Pourquoi, tu pars ?
Il fit la grimace en soupirant.

Ce fut une gifle épouvantable. J'imaginai le pire : il n'avait pas envie de sortir avec moi. Peut-être même qu'il sortait avec une autre fille. En tout cas, il ne me donna aucune raison. Je me sentis humiliée.

À partir de là, il y eut une sorte de froid entre nous. Une gêne réciproque.

La plus contente, ce fut Oma quand je lui annonçai, dépitée :
– Pour le concert de la salle Gaveau, tu voulais me proposer quelque chose ?
– Mais tu m'as dit que tu avais une idée...
– C'était une mauvaise idée. La tienne est sûrement meilleure.
– Je voulais te proposer d'y aller avec moi, je t'invite.

Je l'embrassai. C'était une idée comme Oma avait l'habitude d'en avoir. Les grands-mères consolent parfois de bien des chagrins.

Le mardi précédant les vacances de Pâques, Pierre m'attendait, fidèle à son rendez-vous, sur le banc. J'eus envie de faire un détour pour éviter de lui parler. Mais j'avais des disques à lui rendre. J'allai m'asseoir à côté de lui presque à contrecœur. Un peu embarrassé, il me demanda si j'avais acheté les places pour le récital.

– Oui. Deux places. Mais pas aux premiers rangs, nous avons téléphoné trop tard et presque tout était déjà réservé. Pourquoi cette question ?

Un moment, je crus qu'il avait changé d'avis. Ou que j'avais piqué sa curiosité.

– Oh, comme ça, pour rien.

Je partis très vite. Sans lui demander où il irait en vacances. M'avait-il demandé, lui, qui m'accompagnerait au concert ?

UN CONCERT DE PAUL NIEMAND

Oma et moi nous sommes arrivées salle Gaveau très en avance. L'ambiance était fébrile, exceptionnelle. Autour de nous, les spectateurs évoquaient presque tous Paul Niemand, soit parce qu'ils avaient assisté, comme moi, à son premier concert, soit parce qu'ils avaient entendu parler de façon élogieuse de ce jeune prodige.

J'avais demandé à Oma d'emporter ses jumelles de théâtre. Je crois que je les gardai aux yeux pendant presque toute la première partie du concert. En vain, les invraisemblables cheveux longs du soliste dissimulaient toujours son visage.

Paul Niemand me parut plus détendu que la première fois. Il vint saluer à l'avant-scène très brièvement, puis il alla s'asseoir au piano, indifférent aux applaudissements déjà très nourris du public.

Il commença à jouer dans un silence religieux. Je chuchotai à Oma :

– Bach, les *Variations Goldberg*.

Grâce aux disques de mon père et de Pierre, je connaissais déjà deux interprétations différentes de cette œuvre. Le jeu de Paul Niemand me rappela l'émotion que j'avais éprouvée en écoutant celle de Glenn Gould. La structure et la clarté de ces *Variations* m'apparurent avec évidence. Le public partagea sans doute mon opinion, il fit à Paul Niemand une ovation.

Tandis qu'il saluait et que crépitaient de nombreux flashes, je tentai une nouvelle fois de le dévisager. Impossible.

– Il joue drôlement bien, ton pianiste, me dit Oma. C'est dommage qu'il cache sa figure, il a pourtant l'air mignon.

Je pardonnai à Oma ses opinions un peu frustes. Que ce soit en société ou à la télévision, elle apprécie d'abord les gens sur leur mine. Avec un préjugé favorable s'ils sont beaux et habillés selon son goût.

– Ce n'est pas mon pianiste, Oma.

Jusqu'ici, Paul Niemand m'appartenait un peu. Je l'avais découvert. Et voilà qu'il devenait une vedette. Célèbre, il m'échappait.

La seconde partie du concert débuta avec le *Quatrième Impromptu* de Schubert. Une composition courte et éblouissante, suivie de la *Quatrième Sonate* de Prokofiev. Pour la première fois, une œuvre du XXe siècle me paraissait accessible, presque familière. J'étais sensible à la nervosité des rythmes, au caractère heurté et hardi des mélodies, à ce mélange élégant de discipline et de sauvagerie. J'ignore pourquoi le public salua plus particulièrement ce morceau. Peut-être parce que c'était le dernier inscrit au programme. Les gens se levaient, hurlaient leur enthousiasme, réclamaient un bis à grands cris. Je n'étais pas la dernière à applaudir.

Paul Niemand revint et se remit au piano dans le silence brusquement rétabli. Dès les premiers accords, je fus certaine que cette pièce avait une parenté avec celles de mon père. J'y retrouvais une émotion similaire. Quel pouvait en être l'auteur ?

Peu à peu, une idée folle s'insinuait en moi : si Paul Niemand avait choisi ce morceau pour son bis, c'est qu'il l'aimait. Il apprécierait donc sûrement les sonates de mon père... Bien sûr ! Si quelqu'un pouvait les interpréter, c'était lui, mon pianiste sans visage !

Déjà, j'ébauchais une stratégie qui me permettrait de l'approcher, de lui expliquer... Ce ne serait pas facile mais j'y parviendrais !

Le bis fut salué par un public en délire. Je ne participai pas à l'euphorie générale. Je ruminais mon projet. À côté de moi, Oma me demanda au milieu du brouhaha :

– Tu as aimé cette musique-là ? Enfin... si on peut encore appeler ça de la musique !

J'avisai soudain mon voisin qui applaudissait à tout rompre :

– Excusez-moi... Vous connaissez le titre de ce morceau ?

– Non ! Il se pourrait bien que Niemand en soit l'auteur. C'était tout à fait remarquable.

– Viens, Oma, sortons. Ou plutôt non, attends-moi ici.

Dans le hall, je demandai à une ouvreuse s'il

était possible de féliciter le soliste. Elle m'indiqua comment se rendre à sa loge. Hélas, une vingtaine de personnes s'y pressaient déjà. Un grand individu en smoking agitait les bras comme un épouvantail :

– Non... Paul Niemand ne vous recevra pas. Il ne veut voir personne.

Le petit groupe insistait, protestait, posait en désordre mille et une questions.

Je renonçai. Si Paul Niemand fermait sa loge aux journalistes, pourquoi l'aurait-il ouverte à une inconnue de quinze ans ? Non. Par contre, la prochaine fois (et je ne doutais pas qu'il y en aurait une), j'aurais en main les partitions. J'insisterais. Je l'attendrais à la sortie. D'une manière ou d'une autre, je le verrais, lui parlerais, le convaincrais...

Déjà, je répétais dans ma tête mes futurs arguments.

Lorsque je retrouvai Pierre sur le banc le mardi qui suivit les vacances, c'est lui qui m'interrogea :

– Au fait, et le récital de Paul Niemand ?

– C'était très bien, répondis-je un peu sèchement.

Il comprit que je serais chiche en détails ; notre conversation fut courte et banale. Il prétexta des révisions urgentes pour s'éclipser très vite, le premier.

Désormais, je surveillais la presse. J'avais demandé à Oma de dépouiller les magazines et les journaux. Je voulais surtout connaître l'identité du compositeur de ce bis extraordinaire. Il y eut quelques lignes élogieuses dans le quotidien du soir auquel Oma était abonnée. Rien dans *Télérama*.

Mais un jour, triomphante, elle me tendit un magazine :

– Là, regarde ! On parle de ton pianiste !

– Qu'est-ce que c'est que ce journal ?

– *Sinfonia*. C'est le marchand de journaux qui m'a conseillé de consulter la presse spécialisée. Tu vois, il avait raison.

Je me précipitai sur l'article en question.

PAUL NIEMAND
UN TALENT QUI SE CONFIRME

Ce jeune pianiste, encore inconnu il y a quelques mois, a fait salle pleine à Gaveau mercredi 12 avril. Nous avions déjà eu l'occasion d'apprécier la sensibilité de son jeu (notamment dans Schubert) lors de son premier récital. Cette fois, c'est avec Jean-Sébastien Bach et ses périlleuses Variations Goldberg *que le soliste a fait merveille. Certes, on pense à Glenn Gould, dont Paul Niemand semble posséder tout à la fois l'originalité, la virtuosité, la maîtrise. Mais paradoxalement, c'est avec deux œuvres contempo-*

raines que Paul Niemand a créé la surprise : d'abord avec une fulgurante interprétation de la Quatrième Sonate de Prokofiev. La vision qu'en a proposée Paul Niemand pourrait bien devenir une référence. La nervosité, la pétulance, l'ironie et le réalisme de son jeu éclairent d'un jour nouveau cette œuvre encore trop peu connue. Ensuite, le soliste créa l'événement avec une sonate interprétée en bis. Marquée par des influences aussi diverses que celles de Luciano Berio ou Jacques Charpentier, cette œuvre qui marie la force et l'originalité n'avait, à notre connaissance, jamais été jouée en concert ; on peut supposer que Paul Niemand en est l'auteur.

Ce jeune soliste semble cultiver un certain mystère autour de sa personne. On ne connaît pas son visage, il se refuse à toute interview ; Amado Riccorini (dont Paul Niemand serait l'élève depuis quelques années) nous a confié qu'il souhaitait respecter l'anonymat de son petit prodige jusqu'à ce que ses talents soient totalement affirmés.

Parions qu'avant la fin de cette année, une grande maison de disques le sollicitera. Car on attend avec une certaine impatience de réentendre Paul Niemand, notamment dans le répertoire de ce XXe siècle finissant. Il pourrait bien, après Samson François, devenir l'un des grands pianistes de notre temps.

Je ne montrai pas l'article à Pierre. Je lui dé-

clarai simplement, la semaine suivante, de façon anodine, au fil de la conversation :

– Tu sais, Paul Niemand, le fameux pianiste... eh bien il est aussi compositeur !

Pierre eut un petit sourire hautain. Il se
contenta de me répondre :

– Il n'est pas encore fameux. Il pourrait
peut-être le devenir dans quelques années, c'est
différent. Et ça m'étonnerait qu'il compose,
virtuose, compositeur... Ça fait beaucoup pour
un seul homme. Ce type, ce n'est pas Mozart,
tout de même !

J'ai changé le sujet de la conversation.

UN APRÈS-MIDI CHEZ PIERRE

La semaine suivante, je déclarai à Mutti, par précaution autant que par provocation :

– Demain après-midi, je vais chez Pierre. Pierre Dhérault.

– Très bien. Tu sais que le brevet est dans un mois et demi ? Du weißt es[1] ?

Ça, c'est bien la manière de Mutti : ne rien interdire, ne rien conseiller, mais émettre une remarque précise qui constitue à la fois une critique et un avertissement. Je n'ai aucune copine. Je travaille toute la semaine. Nous sortons peu. D'autre part, si j'excepte les maths, j'ai partout la moyenne et même d'excellents résultats en français et en langues. Mon passage en seconde ne posera pas problème. Mais aux yeux de Mutti, ce n'est pas suffisant.

Pierre m'a accueillie comme une invitée de marque. Il avait mis les petits plats dans les grands, placé des fleurs sur la table basse, dans la grande pièce où trône le piano.

Ses parents étaient là. Nous avons bu ensemble du thé et des jus de fruits. La mère de

1. Tu le sais ?

Pierre fut froide et plutôt distante, comme la fois précédente ; elle se contentait de m'observer de loin. Son père fut particulièrement gentil. C'est un homme d'une cinquantaine d'années, très doux, aux traits marqués, au sourire un peu triste.

– Ainsi, Pierre m'a dit que votre papa était ingénieur du son ? C'est drôle... Le monde est petit : j'ai beaucoup fréquenté l'O.R.T.F. moi aussi dans les années soixante. En effectuant quelques recherches, je pourrais retrouver les dates et les lieux où nous nous sommes peut-être croisés, lui et moi.

– Vous croyez ? Vous auriez connu mon père ?

– Oh, son nom ne me dit rien. Mais nous aurions pu travailler ensemble, côte à côte plus tard, à l'I.R.C.A.M., sans que je le sache. Nous aurions probablement tous deux le même âge aujourd'hui.

– L'I.R.C.A.M. ?

– L'Institut de recherche de musique contemporaine, près du Centre Pompidou. J'y ai connu beaucoup d'artistes. Votre père a probablement enregistré mes œuvres là-bas, à l'époque où j'envisageais de devenir compositeur.

– Compositeur ? Mais vous l'êtes !

– Moi ? Non. Je fabrique de petites choses pour la télé. Cela me permet de gagner ma vie. Mais ma musique, Dieu merci, disparaîtra en même temps que les produits commerciaux dont elle est censée faire la promotion.

Il balaya l'air de la main comme pour en chasser un insecte, ou pour suggérer que le sujet ne méritait pas qu'on s'y arrête plus longtemps.

– Pierre m'a fait entendre la musique de votre père. Si quelqu'un mérite l'appellation de compositeur, c'est lui, pas moi.

Le compliment me fit rougir jusqu'aux cheveux.

– D'ailleurs, ajouta Mme Dhérault, nous avons de nombreux disques que votre papa a enregistrés autrefois. Bon... eh bien nous allons vous laisser. Tu débarrasseras, Pierre ?

Aussitôt, elle fit signe à son mari de pousser son fauteuil roulant.

Dès qu'ils furent sortis, je voulus donner un coup de main à Pierre. Il refusa et m'installa de force dans un fauteuil.

– Non. Je voulais que tu viennes pour te faire écouter certaines choses. Je mets ça en route. Reste ici.

Il plaça un 33 tours sur la platine et disparut dans la cuisine. Soudain, le son puissant d'un cor éclata dans la pièce, égrenant un long thème solennel. Bientôt, l'orchestre tout entier vint ponctuer ces accords graves et puissants, allant crescendo. Puis le thème s'éteignit, pour laisser le relais à une sorte de marche funèbre terriblement inquiétante, où les trompettes, parfois, surgissaient comme autant d'avertissements divins. C'était superbe et grandiose.

Grâce à la qualité des appareils, l'orchestre

me paraissait aussi proche que si j'avais été dans une salle de concert. Et cette musique inconnue me faisait passer des frissons dans le dos. Pierre surgit.

– Tu aimes ?

– Oui. C'est extraordinaire ! Qu'est-ce que c'est ?

– Gustav Mahler. Sa *Troisième Symphonie*. On marche ou on ne marche pas. Mais quand on y est sensible, on entre dans un autre univers, n'est-ce pas ?

C'était vrai. Aujourd'hui encore, quand il m'arrive d'entendre le début de cette symphonie, je ressens la même émotion que celle qui m'empoigna cet après-midi-là.

Pierre refusa de me faire entendre le second mouvement.

– L'orchestre, c'est autre chose que le piano, n'est-ce pas ?

Il vint s'asseoir sur le canapé à côté de moi.

– Jusqu'ici, tu n'as jamais assisté à un grand concert, avec un orchestre symphonique ?

– Non.

– J'aimerais te faire découvrir ça. J'aimerais…

Pierre butait sur les mots, les tournait sept fois dans sa bouche. J'aurais voulu lui venir en aide, déchirer cette carapace qui cachait le sens de ses phrases. Car je le sentais tourmenté par autre chose.

– Je voudrais te faire entendre un véritable orchestre… Tu acceptes ?

J'acquiesçai sans comprendre. Il ne me regardait pas, il me parlait presque mécaniquement, comme pour masquer ce que sa proposition comportait de délicatesse.

– J'ai deux places de concert pour samedi prochain. Le programme permettrait de te familiariser avec la musique contemporaine. Je crois que ça pourrait te plaire. Du moins t'intéresser.

J'aurais juré qu'il avait préparé son discours. Il me le débitait comme une leçon bien apprise.

– Si tu ne peux pas venir, c'est sans importance, l'occasion se représentera. Mais je voudrais être avec toi quand tu iras pour la première fois assister à un concert symphonique... Voilà !

Il était en train de se battre avec un paquet de biscuits qu'il ne parvenait pas à ouvrir. Je saisis sa main et immobilisai son geste ; je n'avais pas du tout faim. J'étais surtout très émue et je ne savais pas comment le lui dire. Enfin, il leva vers moi un regard triste et penaud pour bredouiller :

– J'ai l'impression que nous nous sommes ratés, l'autre jour. Je ne voudrais plus que ça se reproduise. Tu pourrais, samedi prochain ?

Je n'avais pas lâché sa main.

– Oui. Je te remercie. Ça me fait très plaisir.

– Le concert a lieu dans cette fameuse Maison de la Radio où ton père a travaillé. Au studio 104. J'ai pensé que...

Il se tut, embarrassé autant par ma stupéfaction que par ma main sur la sienne.

– Tu as eu raison. C'est très gentil.

Je faisais durer le silence pour qu'il se passe quelque chose de fou ou d'inattendu. Mais Pierre rompit le charme, se leva brusquement.

– Attends. Puisque tu sembles apprécier Mahler, j'aimerais te faire entendre ça...

Il plaça un autre disque sur la platine.

Je reconnus aussitôt Mahler. Décidément, les compositeurs ont un style, comme les écrivains. Soudain, une voix surgit sur la mélodie, un timbre à la fois frêle et grave, fragile et puissant.

Comme je restais muette, Pierre chuchota respectueusement :

– C'est Kathleen Ferrier. Depuis sa disparition, personne ne chante plus comme elle.

J'écoutais, fascinée. Pierre me confia la pochette du disque. Il s'agissait des *Kindertotenlieder* de Mahler.

Je fermai les yeux et me laissai bercer par la musique. Lorsqu'elle s'arrêta, le son d'un piano prit la suite, dans une étrange continuité mélodique. Il me fallut quelques secondes pour me rendre compte tout à coup qu'il s'agissait de l'une des trois sonates inachevées de mon père !

J'ouvris les yeux. Pierre était au piano. Je l'apercevais dos tourné. Étaient-ce les morceaux qui s'étaient succédés ? Mon état d'esprit particulier ? Ou bien l'engourdissement,

107

le bien-être qui m'avaient peu à peu saisie ? Je me sentis transportée ailleurs et dans un autre temps : ce n'était plus Pierre qui jouait. C'était le pianiste sans visage. Ou bien mon père. Ou encore quelqu'un que je ne pouvais identifier et qui était la symbiose de ces deux personnages aimés, admirés et tout aussi inaccessibles.

L'illusion miraculeuse se prolongea jusqu'à ce que la musique s'achève, brutalement, comme coupée au couteau.

Le pianiste, enfin, se retourna.

C'était Pierre. Je ne savais comment lui manifester ma reconnaissance. Je balbutiai :

– Au début, j'ai cru que tu me passais l'une des bandes enregistrées. Comment as-tu fait ?

– Oh, j'ai tout recopié sur cassette. Et j'ai retranscrit la musique de ton père pour pouvoir l'apprendre, la travailler...

– Mais tu joues exactement comme lui !

– Il m'a suffi de l'écouter et de l'imiter.

Je songeai au temps qu'il avait passé à mettre au point cette sonate. Soudain, mon regard tomba sur la pendule. Il était tard, très tard. Mutti m'attendait depuis plus d'une heure.

Je me levai en hâte. Il me tendit une partition.

– Voilà, elle est retranscrite. J'ai pensé que tu aimerais l'ajouter aux autres.

– Pierre, tu m'as fait passer un après-midi extraordinaire. J'ai été très injuste envers toi. Tu as... tu es quelqu'un de formidable.

108

J'étais déjà sur le seuil. Les mots me manquaient, à moi aussi. Et Pierre me fixait avec une expression si poignante... Sans réfléchir, je pris son visage entre mes mains et je l'embrassai, très vite. Puis je m'engouffrai dans le vestibule sans me retourner.

Mais je revins tout doucement à la maison pour garder le plus longtemps possible en mémoire le contact de ses lèvres sur les miennes.

LE SACRE DU PRINTEMPS

Le lendemain, je cherchai Pierre en vain dans la cour. Il fallait bien que nous nous contactions avant le samedi qui venait. Je n'osais pas lui téléphoner la première. Je ne pourrais pas le rejoindre sur notre banc avant le mardi suivant. Et s'il était absent ? Tombé malade ? Ou s'il avait changé d'avis ? J'avais eu tort de l'embrasser, j'avais dû le choquer. J'échafaudais mille hypothèses folles.

Le vendredi soir, Mutti ouvrit la porte de ma chambre :

– Jeanne ? Téléphone.

C'était Pierre. Soudain, je fus soulagée d'un poids gigantesque.

– Tu es toujours d'accord pour venir au concert demain ?

– Bien sûr ! Mais... je n'ai pas encore prévenu Mutti.

– Moi, dit Pierre, je viens de le faire. Elle a été d'abord étonnée que tu ne l'aies pas mise au courant. Mais elle m'a dit qu'il n'y avait pas de problème.

Je ne savais que lui répondre. J'étais ravie qu'il ait pris les devants, cela m'évitait de justi-

110

fier moi-même cette sortie à Mutti. En même temps, je me sentais un peu lâche.

– Je passe te prendre demain soir à huit heures. Je te raccompagnerai après le concert.

Pendant le dîner, Mutti ne fit aucune remarque. Mais j'étais trop émue pour ne pas me confier à quelqu'un. Ce fut Oma. J'ai une grand-mère extraordinaire, à elle, je peux tout dire, je ne la choque jamais.

Le lendemain soir, Pierre était là avant huit heures, en chemise, veste légère et cravate. Presque une tenue de jeune marié. Il est vrai que j'étais moi-même sur mon trente et un, comme on dit. J'avais passé une bonne heure à essayer de multiples vêtements, pulls, vestes, jupes, pantalons et ensembles divers. Finalement, Mutti m'a prêté son chemisier en soie pour la circonstance.

Dans le métro, assis face à moi, Pierre m'observait. Il profita d'un arrêt un peu brusque qui nous avait projetés l'un contre l'autre pour me chuchoter à l'oreille :

– Vous êtes très jolie, mademoiselle.

Nous ne nous sommes quasiment rien dit jusqu'à l'arrivée à la Maison de la Radio.

Le Studio 104 ressemble à tout, sauf à un studio. C'est une grande salle en forme d'amphithéâtre. On nous plaça aux deux meilleures places, de face, au premier rang du balcon qui surplombe de façon vertigineuse la scène.

– Ici, m'expliqua Pierre, on a un panorama idéal sur l'orchestre. Et à cette hauteur, l'acoustique est excellente.

La salle se remplit ; les musiciens s'installèrent. Puis le chef apparut, petit, râblé, souriant et moins âgé que tous ceux que j'avais eu l'occasion de voir à la télévision.

– C'est Raphaël Frubek de Burgos, me dit Pierre. Un Espagnol. Surtout connu pour ses interprétations des œuvres de Manuel de Falla.

Le concert débuta avec une série de *Tableaux pour orchestre* d'un compositeur français du XXe siècle, Jacques Ibert. En consultant le programme, je compris pourquoi Pierre avait tenu à ce que nous assistions à ce concert particulier : chacune des pièces de cette œuvre appelée *Escales* portait le nom d'une ville. Ainsi, mon père n'avait pas été le seul à avoir cette idée !

Contrairement à ce que je redoutais, je ne fus pas du tout déroutée. C'était coloré, enchanteur, agréable. Et surtout, l'orchestre avait un relief extraordinaire ! Rien à voir avec ce que l'on entend d'ordinaire sur une chaîne – même excellente – à la maison. Ici, en direct, tout pouvait arriver…

Pierre, qui connaissait bien l'œuvre, se penchait parfois à mon oreille ; il me désignait les trompettes, la harpe, le gong, juste avant que ces instruments interviennent à l'improviste. Pendant les applaudissements, je lui confiai :

– Ça, de la musique contemporaine ? Mais c'est génial ! Ça me plaît ! Ce que mon père a composé me paraît beaucoup plus difficile.

– Oui. Mais *Escales* a plus d'un demi-siècle. Ah, tu évoquais l'autre jour un fameux pianiste. Eh bien, tu peux me croire : en voici un. C'est un maître.

Au milieu des applaudissements, les musiciens puis le chef d'orchestre étaient revenus se mettre en place.

Un vieil homme nerveux et sec, au sourire malicieux, arriva alors sur l'avant-scène. Il salua le public.

– Son visage ne m'est pas inconnu.

– Bien sûr. C'est celui que tu as vu sur les affiches du premier récital auquel tu as assisté.

– Mais oui, Amado Riccorini !

– Il va interpréter le *Deuxième Concerto pour piano* de Saint-Saëns.

Pierre avait raison, Riccorini est un virtuose. Son jeu est si aisé et si naturel que tout ce qu'il interprète paraît facile. Il joue et se joue de toutes les difficultés, sans effort. Soliste, chef et instrumentistes semblaient complices. Ils faisaient corps et dialoguaient. Pendant le troisième et dernier mouvement, les notes cascadèrent en parfait écho avec les vagues rapides de l'orchestre. Jusqu'au final, tout était parfaitement en place, comme dans une équation mathématique.

Le public applaudit avec enthousiasme la performance des musiciens. Riccorini dut venir saluer plusieurs fois. Avant de disparaître, il adressa à la salle un geste amical, presque familier, un geste qui m'excluait : le vieux soliste et son public se connaissaient depuis des années. Entre eux s'était nouée une sorte d'intimité.

Aussi, j'écartai l'idée qui m'avait un instant effleurée : confier les partitions de mon père au vieux maître. Non, Riccorini était inaccessible. Ce qui n'était pas encore le cas du jeune Niemand.

Pendant l'entracte, je livrai à Pierre les impressions que m'avaient laissées l'œuvre et son interprétation.

– Attends, me dit-il, le morceau de choix arrive. Il a bouleversé toute la musique du XXe siècle.

– *Le Sacre du Printemps* ? Mais il date de 1913 !

– À l'époque, Stravinsky a fait scandale. Personne n'avait jamais entendu quelque chose d'aussi sauvage, d'aussi nouveau dans les mélodies et les rythmes. Lors de sa première audition, le tumulte du public a couvert la voix des instruments, les gens, scandalisés, manifestaient. Beaucoup ont quitté la salle. Il paraît même que certains se sont évanouis.

– Bon... J'espère que ce ne sera pas mon cas. Tu vas m'aider à tenir le coup.

Nos mains se trouvèrent. Ainsi soudés, j'aurais pu écouter n'importe quoi.

Il est vrai que *Le Sacre du Printemps* me procura une émotion inoubliable !

Au départ, pas de surprise, l'auditeur est plongé dans une atmosphère mystérieuse, plus déroutante qu'angoissante. Et tout à coup, l'orchestre marque le rythme, puis éclate, enfin explose dans de formidables rugissements dissonants. L'oreille est sollicitée de toutes parts. Mais le regard ne sait pas lui non plus où se porter. Au moment où l'on s'y attend le moins, les trompettes rugissent, les trombones claironnent, les violons grincent dans d'affreux et mélodiques gémissements.

Je fus littéralement emportée par ce flot monstrueux, fabuleux, vertigineux. Je comprenais combien cette musique avait pu heurter et scandaliser le public. Aujourd'hui encore, elle me semblait audacieuse et pleine d'invention !

Lorsque l'orchestre se tut, lorsque l'écho de l'explosion finale s'évanouit, un tonnerre d'applaudissements y répondit. J'y mêlai les miens ; mais je me sentais épuisée, vidée comme après une longue course d'obstacles.

Autour de nous, le public commençait à se disperser, il faisait à mi-voix l'éloge de l'interprétation du chef espagnol.

– Ça t'a plu ? me demanda Pierre au milieu de la foule.

En guise de réponse, je me blottis contre lui.

Je voulais conserver le plus longtemps possible les impressions de cette soirée. Elles formaient un tout mais Pierre se tenait au centre, et je voulais l'y garder.

L'ÉQUIPÉE DE TOULOUSE

Le soir de ce concert mémorable, Pierre et moi avons eu du mal à nous séparer. Nous ne nous sommes guère vus à la fin de ce mois de mai. Nos emplois du temps se modifiaient avec l'absence de certains professeurs pris par les examens. Moi, j'étais souvent libre, désœuvrée. Mais notre banc restait désespérément vide, Pierre, au téléphone, prétextait d'ultimes révisions. J'avais l'impression qu'il me fuyait.

En écoutant France-Musique, j'appris par hasard que Paul Niemand donnerait un récital au début du mois de juin. Il aurait lieu à Toulouse, dans la Halle aux grains. Il m'était impossible de laisser échapper cette occasion. Mais Mutti ne fut pas du même avis. Pas du tout.

– Comment ? Un concert à Toulouse ? Mais enfin, Jeanne, tu n'y penses pas ! Pourquoi pas à Tokyo ou Philadelphie ?

– De toute façon, Mutti, j'irai. Je dois confier les partitions de papa à ce pianiste.

– Envoie-les lui par la poste !

– À quelle adresse ? Non. Je dois le voir, lui expliquer... Je veux les lui remettre en mains propres.

Elle haussa les épaules, agacée.

– Soit. Mais est-ce si urgent ? Ce n'est pas son dernier concert, à Paul Niemand ! À la rentrée, il jouera sûrement à Paris.

– Dans quelques mois, il sera célèbre et inaccessible. Il est peut-être déjà trop tard.

Mutti avait sa tête des mauvais jours. Parfois, elle est aussi butée que moi. Elle tenta de me prouver qu'insister serait inutile.

– Jeanne, c'est une lubie, une folie. Tu sais que je suis prête à passer beaucoup de tes caprices... Mais là, non, das nicht[1] !

Heureusement, j'étais sûre de posséder un allié.

Le mardi suivant, je retrouvai Pierre sur le banc. J'eus le tort de me lancer aussitôt dans l'explication de mon problème. La mine radieuse de Pierre se modifiait à vue d'œil ; il ne chercha pas à dissimuler son embarras.

– Une minute, Jeanne. Tu n'attends tout de même pas de moi que je t'accompagne à Toulouse ? Uniquement pour aller assister à ce concert de... Paul Niemand ?

À quoi bon lui confier mon intention véritable de remettre au jeune pianiste les partitions de mon père ? Ses réticences me révélaient d'un coup ce que j'avais depuis longtemps soupçonné. Il accumulait les bonnes raisons pour reculer :

– Tu mettrais ta mère au courant ? Et tu

1. Pas question !

crois qu'elle serait d'accord ? Qu'elle nous donnerait à tous deux sa bénédiction pour nous accorder ce week-end à l'autre bout de la France ? Qu'elle me dirait : « Pierre, j'ai confiance en vous. Partez en train avec ma fille. Tenez, voici l'argent du concert et même celui du voyage ! » Pourquoi pas celui de l'hôtel ?

Ma colère et mon chagrin formaient dans ma gorge une boule qui allait bientôt exploser. C'était vrai, j'avais rêvé. J'avais rêvé que Pierre sauterait sur cette occasion. Qu'il me dirait : « Mettre ta mère au courant ? Inutile, il est évident qu'elle refusera. Je lui téléphonerai de la gare, juste avant notre départ, et je lui dirai : Madame, Jeanne est à mes côtés. Je l'aime, je l'enlève ! Et je ne vous demande pas votre avis ! Oui, c'est une folie. Mais je suis fou, madame, fou de votre fille. »

Malheureusement ce genre de situation ne se produit que dans les romans à l'eau de rose. Ou dans les mauvaises séries télé du samedi, comme *Un amour d'été.*

Pierre m'avançait des arguments d'adulte, de père, de prof. J'avais oublié qu'il était raisonnable. Cela, je ne pouvais pas le supporter.

– Jeanne ! Attends… Jeanne !

Je partis en courant, sans me retourner. Je rentrai chez moi d'une traite pour monter aussitôt chez Oma. En larmes, je lui expliquai ce qui venait d'arriver : mes espoirs, le refus de Pierre, ma déception. Et la nécessité absolue d'aller à Toulouse pour confier ces partitions au pianiste.

Oma m'écoutait, hésitante et perplexe.

– Na... das ist auch viel Geld, mein Liebchen[1].

– Ce n'est pas une question d'argent, Oma ! Je te paie le voyage, l'hôtel, le concert. Qu'importe si toutes mes économies y passent ! Comprends-moi, ce n'est pas pour moi que je le fais, c'est pour papa. Pour qu'il existe, tu comprends ?

– Je vais voir... Je vais en parler à Grete. Je ne te garantis rien.

Il y eut le lendemain soir une réunion de famille. Même Florent y participa. Mutti fut la seule à parler. Elle cédait. Mais elle donnait déjà à ma victoire le goût de l'échec.

Ce fut bref et sec :

– Tu partiras samedi avec Oma. Ta grand-mère pense que vous pourriez reprendre le *Capitole* après le récital. Moi, je vous conseille de réserver un hôtel et de revenir le lendemain dimanche. Un concert, on sait quand il commence, on ignore quand il finit. Surtout que tu veux aller voir le pianiste. Il va de soi que tu supportes tous les frais de cette équipée ridicule. Si elle se termine bien, j'en serai ravie. Mais si elle se déroule pour rien, comme je le pense, je te demande de ne plus jamais me reparler de tout ça. Einverstanden[2] ?

---

1. C'est que... ça va coûter cher, ma chérie.
2. D'accord ?

C'était la guerre. Car dans « tout ça », nul doute que Mutti incluait les partitions, les concerts, Paul Niemand, mon père. Et peut-être même la musique en général.

Je devais réussir.

La suite se noie dans un épouvantable cauchemar.

Oma et moi avons pris le *Capitole* le samedi en début d'après-midi. Inutile de préciser que Mutti ne nous a pas accompagnées à la gare. Malgré le confort du train, le voyage fut long et pénible. J'avais emporté des résumés de sciences naturelles et des fiches d'histoire à réviser. Impossible de me concentrer. Je n'avais en tête que les paroles que j'allais prononcer et qui convaincraient Paul Niemand. Je voulais regarder le paysage, mais mon esprit était plus loin que l'horizon. J'aurais aimé sauter du train et le pousser pour qu'il avance plus vite.

Parfois, Oma levait les yeux de son magazine et me dévisageait en poussant de gros soupirs.

À Toulouse, nous sommes d'abord passées à l'hôtel pour y déposer nos bagages. Bien sûr, nous avions tout réservé par téléphone, y compris les places du concert. Dans les rues, aux abords de la Halle aux grains, la silhouette de mon pianiste sans visage couvrait de nombreux panneaux d'affichage. Ma fierté était teintée d'amertume, Paul Niemand m'échappait. Je ne savais pas encore à quel point...

Nous sommes arrivées parmi les premiers ; nous étions bien placées, au dix ou douzième rang d'orchestre. Oma a acheté le programme. J'y jetai à peine un coup d'œil. Cette fois, je ne venais pas écouter Beethoven, ni Liszt et encore moins Stockhausen.

D'abord, je constatai avec soulagement que Paul Niemand était là ; jusqu'à la dernière minute, j'avais redouté le remplacement du soliste... je savais la chose possible !

Ce qu'il interpréta me fut complètement indifférent. Mes partitions sur les genoux, j'attendais la fin du concert.

Pendant le bis, mon attention fut tout à coup captivée. Paul Niemand, une nouvelle fois, interprétait l'une de ses compositions : une sonate qui ressemblait singulièrement à la dernière des trois œuvres inachevées de mon père ! La stupéfaction troublait mon attention. C'était évidemment impossible. Pourtant, j'identifiai parfaitement une phrase entière, la dernière... mais la sonate se poursuivit !

Déjà, l'écho du piano s'effilochait dans ma mémoire. N'avais-je pas rêvé ? Pris mes désirs pour des réalités ? C'était là, de toute façon, une raison supplémentaire de rencontrer l'interprète !

Ce bis fut une apothéose, on fit un triomphe au pianiste qui vint saluer plusieurs fois. Tandis qu'il secouait face aux premiers rangs d'orchestre sa chevelure abondante, mon cœur battait la chamade. Pourvu que tout se passe comme prévu !

Je n'attendis pas la fin des ovations. Depuis notre arrivée à la Halle aux grains, j'avais re-péré les coulisses. Je m'y précipitai. Déjà, une foule se pressait à la porte qui donnait accès aux loges des artistes : des spectateurs désireux de venir féliciter le soliste mais aussi de nom-breux journalistes. Deux hommes empêchaient tout ce beau monde d'aller plus loin.

Avec l'aplomb le plus naturel du monde, je me frayai un passage dans le groupe, en tenant ostensiblement devant moi le paquet de parti-tions. Lorsque j'arrivai en vue des deux hommes, je me faufilai entre eux.

– Mademoiselle ? demanda l'un d'eux.

– Ce sont les partitions de Paul Niemand, dis-je en souriant.

Sans m'arrêter, je poussai la porte.

Un bras vigoureux m'empêcha d'aller plus loin.

– Mais... c'est urgent !

Mon erreur fut de vouloir franchir le barrage des deux gardiens. Ils éventèrent la superche-rie.

– Une seconde, mademoiselle. L'agent artis-tique de monsieur Niemand va arriver.

– Excusez-nous. Veuillez reculer, s'il vous plaît.

C'était raté, comme le confirmaient les re-gards un peu goguenards des deux hommes.

Soudain, la fameuse porte s'ouvrit et un

grand bonhomme en smoking apparut. Il arborait un sourire splendide. Une vraie publicité pour dentifrice. Aussitôt, les conversations, les protestations, les murmures s'éteignirent.

– Mesdames, messieurs, Paul Niemand me charge de vous adresser ses chaleureux remerciements pour votre intérêt. Il vous communique aussi ses regrets, il ne souhaite voir personne...

Une clameur d'irritation, presque de colère, monta du groupe autour de moi.

– Qu'il prenne garde ! cria à mes côtés une jeune femme qui brandissait un appareil photo. Nous sommes les tremplins de son succès. Mais nous pourrions être ceux de son oubli !

– Et puis quel est ce mépris pour ceux qui s'intéressent à lui ? protesta quelqu'un d'autre.

– Cet anonymat, c'est un truc ! jeta un inconnu sur un ton vindicatif. Il a marché jusqu'ici, mais le public se lasse.

– Qui sait si Paul Niemand n'est pas un artiste connu qui se cache sous une perruque ? Peut-être Riccorini lui-même !

– Oui, quel bon moyen pour attirer l'attention sur lui !

– Et pour doubler ses cachets ! Monsieur Jolibois, vous êtes aussi l'agent artistique d'Amado Riccorini, n'est-ce pas ?

L'interpellé leva les bras dans un geste d'apaisement :

– Mesdames, messieurs... vous vous trompez. Paul Niemand n'est pas Amado Riccorini.

C'est réellement l'un de ses élèves du Conservatoire national supérieur de Paris !

Exclamations et questions rejaillirent :

– Ah, enfin des informations !

– C'est un secret de polichinelle ! Nous le savons depuis le début !

– Aucun élève de Riccorini ne s'appelle Paul Niemand ! Qui est-ce ?

Le dénommé Jolibois agita les bras avec frénésie.

– C'est vrai que l'incognito de Niemand a contribué à son succès. Mais j'ai une bonne nouvelle pour vous : à l'issue de son prochain concert, tous les mystères seront levés.

– Nous verrons son visage ?

– Nous connaîtrons son identité ?

– Nous pourrons l'approcher ?

– L'interroger nous-mêmes ?

L'agent artistique ne savait plus que faire de ses bras. On aurait dit un épouvantail, un chef un peu ridicule débordé par un orchestre en délire.

– Oui ! hurla-t-il enfin. Oui, je réponds oui à toutes ces questions. Paul Niemand en a pris l'engagement. Comme moi, il vous donne donc rendez-vous dans trois semaines, salle Pleyel ! Mesdames, messieurs, je vous remercie.

Sans se départir de son sourire, il fit demi-tour et disparut dans les coulisses. Les deux hommes se remirent en faction devant la porte. Le président de la République n'aurait pas été mieux protégé.

125

Frustrés, admirateurs et journalistes commentèrent en se dispersant les promesses de l'agent artistique. Obstinée, je ne bougeai pas d'une semelle. Au bout de quelques secondes, l'un des gardiens m'avertit :

– Vous avez entendu, mademoiselle ? Vous ne verrez pas Paul Niemand. Nous avons des consignes.

– Moi aussi. Je dois lui remettre ces partitions. Je ne partirai pas d'ici.

– À votre aise.

Je songeai avec terreur qu'en ce moment-même, le pianiste devait s'éclipser par l'entrée des artistes. Peut-être était-ce là que j'aurais dû me poster ? Mais des gardiens devaient aussi barrer la route aux importuns. Au moins, je l'aurais aperçu, croisé…

Je ne sais ce qui se passa, je dus pleurer, pâlir, ou soudain impressionner les deux hommes. L'un d'eux déclara :

– Je vais voir, attendez.

Il disparut par la porte. Mon espoir rebondit. Il retomba très vite. Lorsque l'homme reparut, il était seulement accompagné de l'agent artistique du pianiste. Celui-ci se pencha vers moi, dans une attitude presque paternelle.

– Mais enfin, que désirez-vous, mademoiselle ?

– Je voudrais voir Paul Niemand… lui remettre ces partitions.

En trois phrases, entre deux sanglots, je lui expliquai de quoi il s'agissait. Il posa sur mes épaules ses mains larges comme des battoirs.

– Je comprends. Je comprends parfaitement, mademoiselle. Mais Paul Niemand n'est plus dans sa loge. Voyez-vous, il est déjà reparti.

– J'aurais dû ... j'aurais dû aller l'attendre à l'entrée des artistes !

Le sourire de Jolibois se fit tendre et triste.

– Inutile, il est sorti avec les spectateurs, il s'est mêlé à eux. Personne ne l'a reconnu.

Je lui tendis mes partitions.

– Soyez gentil, donnez-les lui. Dites-lui que je vais lui écrire pour lui expliquer...

Il secoua la tête.

– Ces partitions, il n'en fera rien, mademoiselle.

– Bien sûr qu'il les regardera ! Sa musique ressemble tellement à ce qu'écrivait mon père !

– Paul Niemand a autre chose à faire. Écoutez, je suis vraiment navré.

Déjà, il reculait, s'éloignait. Dans toutes mes prévisions, même les pires, je n'avais jamais imaginé un tel échec. Je jetai les partitions à terre, hurlai :

– Mais qu'est-ce que ça vous coûte de les prendre ? Qu'importe ! Il finira par les recevoir ! Je les lui enverrai par la poste !

Jolibois se retourna. Il souriait toujours. C'était pire que s'il s'était fâché.

– C'est moi qui reçois son courrier, mademoiselle. Il m'a chargé de le trier et de répondre à toutes les lettres.

L'homme disparut. J'étais là, anéantie, en larmes, à genoux sur la moquette. C'est Oma qui vint me relever.

– Allez, viens, Jeanne. Ma toute petite, komm jetzt[1]...

Je crois que j'ai pleuré toute la nuit. C'est le seul souvenir que je garde de cet hôtel de Toulouse, *Le Grand Balcon* je crois, célèbre parce qu'il fut, dans la première moitié du siècle, le rendez-vous de tous les pionniers de l'aviation.

Le lendemain dimanche, le retour sur Paris fut morne, silencieux, funèbre. Oma ne tentait même pas de me consoler.

À la maison, Mutti ne me posa aucune question. J'allai m'enfermer dans ma chambre pendant que sa mère, je suppose, lui racontait en détail notre expédition.

Je retrouvai Pierre sur le banc le mardi suivant. Est-ce à cause de ma triste mine ? Il ne me posa aucune question sur le récital. Désormais, Paul Niemand était devenu un sujet tabou. Ce qui commençait à en faire beaucoup.

Mais Pierre fut, je l'avoue, particulièrement attentif et tendre. Comment ne pas opposer sa délicatesse, son souci de combler la moindre de mes envies, à l'égoïsme et à la prétention de ce pianiste ? À présent, ce petit génie de la musique me faisait horreur. Je formais des vœux pour que cette étoile disparaisse aussi rapidement qu'elle était née.

1. Viens, maintenant.

UNE FIN D'ANNÉE AMÈRE

Je me plongeai dans les révisions, mettant entre parenthèses le problème des partitions de mon père. Pour mieux me concentrer, je perdis même l'habitude d'écouter mes disques en travaillant. Dans quinze jours, l'année scolaire serait achevée. J'abandonnerais mes bouquins pour retrouver la musique.

À ce moment-là, j'ignorais même si je reverrais Pierre avant la fin de l'année. Le mardi, il n'était plus là. Il ne me téléphonait pas.

Le jeudi du conseil d'orientation arriva. J'y assistai en tant que déléguée adjointe. Je passais en seconde comme prévu. Cela me parut si normal que je n'en ressentis aucune joie. Lorsque je quittai Chaptal, il était un peu plus de seize heures. Et là, à mon grand étonnement, j'aperçus Pierre sur notre banc, en train d'écrire !

Ce fut comme un rayon de soleil. C'était l'événement le plus agréable de la semaine. Je voulus aller m'asseoir à côté de lui sans me faire voir. Mais j'étais encore loin lorsqu'il leva les yeux. À son regard, je compris qu'il était venu m'attendre.

Il me demanda si j'allais bien, comment se présentait le brevet.

– Je passe en seconde. C'est l'essentiel.

Je sentais bien que ces questions rituelles ne constituaient qu'un préambule. Pierre, c'est comme une sonate, un opéra, un concerto : avant de livrer et de développer le thème principal, il a besoin d'une exposition, d'un prélude.

– Jeanne, me dit-il enfin, j'ai beaucoup à me faire pardonner.

– Toi ? Tu veux rire !

– Si. L'autre jour, quand tu m'as proposé de t'accompagner à Toulouse pour ce concert...

Mon visage dut se fermer aussitôt.

– Inutile d'y revenir. Je t'en prie, Pierre, n'en parlons plus.

– Je voudrais... comment te dire ? Rattraper le coup.

– Il n'y a rien à rattraper.

– Oh, si.

Il sortit deux billets de sa poche. Deux billets dont la couleur rose m'était familière.

– Voilà, reprit-il, très embarrassé. Tu as cru que j'étais jaloux de ce pianiste, Paul Niemand. Tu t'es imaginé que c'était par dépit que je refusais de venir à Toulouse avec toi... Attends, ne m'interromps pas. Je voudrais te prouver le contraire. Ton virtuose va donner samedi prochain un nouveau récital à Pleyel.

– Oui. Je suis au courant.

– Accepterais-tu que nous y allions ensemble ?

Je restai muette. Que lui dire ? Bien sûr, c'était très gentil de sa part. Mais il s'y prenait trop tard.

– Cela ne te fait pas plaisir ?

Je ne sais pas très bien mentir. Il comprit que je lui cachais quelque chose.

– Vois-tu, Paul Niemand m'a beaucoup déçue.

– Ah bon ?

Je n'avais aucune envie de lui relater mon expédition et le fiasco de ma démarche. Un petit reste d'amour propre.

– Pourtant, affirma-t-il, j'ai lu les critiques de son dernier récital…

– Oh, je ne parle pas de sa façon de jouer ! Mais il est devenu une vedette. Il cultive son apparence et son anonymat pour remplir les salles.

– Justement, on affirme que pendant ce nouveau récital, il va tout révéler de…

– Oui, je sais.

Pierre laissa peser un bref silence. Timidement, il ajouta :

– J'avais pensé que tu serais contente d'assister à ce concert-là. Je croyais que tu aimais ce pianiste.

– Non, Pierre. C'est toi que j'aime.

Ce n'était même pas un aveu mais une simple constatation. J'en compris la portée au moment où je la formulai.

– Je ne pense pas que ce soit moi que tu aimes, Jeanne, dit-il sans me regarder.

– Quoi ? Mais qu'est-ce qui te permet de l'affirmer ?

– Ce n'est pas une affirmation, c'est un doute. Je crois que tu te trompes toi-même. En réalité, tu aimes ce pianiste.

– Je le déteste !

– C'est la même chose. Ou bien tu aimes ton père à travers lui. Parce que tous deux te paraissent aussi glorieux et inaccessibles. C'est tellement plus facile d'aimer un souvenir, une image. C'est tellement plus beau que la réalité !

– C'est toi qui te trompes.

– Peut-être... Et si tu aimais tout simplement la musique, Jeanne ?

– La musique, c'est toi qui me l'as fait découvrir !

– Moi ou ce pianiste ?

Il soupira, ajouta :

– Lui et moi, nous n'avons été que des instruments.

– Oui. Mais toi, Pierre, tu es là. Je te connais. Tu existes.

Autour de nous, les passants passaient, les voitures grondaient, les oiseaux chantaient parmi les arbres reverdis. Je m'étais attachée à ce lieu, à ce banc, à cette allée, même s'ils n'avaient rien d'aimable ni d'exceptionnel. Mais ils étaient devenus un morceau de mon existence. Ils se creusaient déjà leur trou dans ma mémoire, une place douillette que je voulais préserver. J'ignorais si Pierre ne serait qu'un morceau de ce présent en marche, ou s'il accompagnerait ma vie. Je désirais vraiment poursuivre ce chemin qui commençait sur ce banc, près du lycée. À deux, le même souvenir prend un autre relief. Parce qu'il n'est pas exactement le même.

– Qu'est-ce que je dois faire de ces places ?
– Tu les gardes. Nous irons. Je suis très contente, Pierre, contente de passer quelques heures avec toi.

Je mis Mutti au courant de cette sortie qui interviendrait juste après l'examen du brevet. Elle n'émit aucune réserve. Depuis plusieurs semaines, nous ne parlions plus beaucoup.

LE VISAGE DU PIANISTE

Le soir du concert, je m'étonnai de l'agitation qui s'était emparée de la maison. Oma allait et venait du studio à l'appartement. Florent protestait parce que Mutti voulait à toute force lui faire passer une chemise qui lui écorchait le cou. Elle-même avait acheté un ensemble vaporeux, légèrement décolleté, couleur pêche, qui la transfigurait. Je ne pus m'empêcher de m'exclamer :

– Ach, Mutti... Wie elegant[1] ! Mais où allez-vous donc ce soir tous les trois ?

– Ma foi, tu sors bien, toi ! Est-ce que nous te demandons des comptes ? Das geht dich nicht an[2] !

Jalouse ? Oui, décidément, je l'étais bien un peu. Et de Mutti, par-dessus le marché. Elle était belle. Elle paraissait très jeune. Je pris soudain conscience qu'elle avait à peine plus de quarante ans. Je la trouvai plus séduisante que moi. D'ailleurs, ce soir, je porterais un ensemble que Pierre connaissait déjà, il me faudrait quelques mois pour combler le déficit de Toulouse et rembourser ce que je devais à Oma.

1. Comme tu es élégante !
2. Ça ne te regarde pas.

On sonna. Mutti ouvrit à Pierre, qui, en costume et nœud papillon, se pencha pour un baisemain cérémonieux. Mutti étouffa un rire. Je réprimai ma mauvaise humeur et leur souhaitai une bonne soirée. Je m'éclipsai avec Pierre.

– J'ai l'impression que nous sommes tous déguisés, ce soir ! lui dis-je dans l'ascenseur.

Lui aussi me parut guindé, comme s'il jouait un rôle.

– Oh, on est toujours déguisé, fit-il le plus sérieusement du monde. Tout est une question de convention et d'époque... L'essentiel, c'est d'être dans le même ton que ceux avec qui tu te trouves, à un moment et dans un lieu particuliers.

Ce n'était pas tout à fait vrai. Dans le hall de la salle Pleyel, beaucoup de spectateurs portaient un pull, un polo, un jean. Mais quelques-uns étaient en habit et plusieurs femmes en robe de soirée. L'ambiance était électrique, les conversations pleines d'énigmes ; de petits groupes d'habitués s'étaient formés, parmi lesquels on se perdait en conjectures :

– Il ne jouera que ses œuvres à lui, j'en mettrais ma main à couper !

– Comment cela ? Ses fameux bis ? Mais il n'a jamais prétendu en être l'auteur !

– Tout cela ressemble à une immense mystification !

– Dans deux heures, nous serons fixés.

– Oh, regardez là-bas ! Est-ce que ce n'est pas le célèbre Riccorini ?

C'était bien lui, entouré d'une foule d'admirateurs. Il souriait, serrait des mains, signait parfois un autographe.

Pierre se rapprocha de moi, me prit le bras. Il me sourit, un peu crispé.

– Eh bien Jeanne, ce n'est pas un récital comme les autres...

Il me sembla tout à coup angoissé, nerveux, en alerte.

Je crus reconnaître quelques personnes déjà aperçues lors des concerts précédents, notamment plusieurs journalistes, avec leur sacoche en bandoulière.

– Toute la presse est là... Mais oui, au fait, quel est le programme du récital ?

Je m'approchai d'une des affiches. Sous la photo désormais classique de Paul Niemand, la tête penchée, dont les cheveux longs et sombres retombaient presque sur les touches du clavier, était seulement inscrit :

GRAND CONCERT DE CLÔTURE
MUSIQUE CONTEMPORAINE
SEPT SONATES

– Viens. Allons nous asseoir.

Hasard extraordinaire, nous étions au deuxième rang, à l'orchestre. Je m'assis exactement à la place que j'avais occupée neuf mois auparavant, lors du premier récital où Paul Niemand avait remplacé Riccorini. Je faillis en faire la remarque à Pierre lorsqu'il me demanda :

– Ça va ? Tu es bien installée ?

Au lieu de s'asseoir à mes côtés, il me confia le programme et repartit aussitôt en se frayant un passage dans les travées. Dans l'allée centrale, il se retourna, m'adressa un signe de la main, comme pour me dire : « Ne bouge pas, je reviens, j'en ai pour une minute. »

Le programme ne m'apprit rien de plus que les affiches. Je le feuilletai distraitement, guettant le retour de Pierre. Depuis notre départ, il ne m'avait pas paru dans son assiette. Bientôt, la salle fut pleine. La sonnerie invitant les spectateurs à gagner leurs sièges se tut, laissant place au brouhaha animé de l'attente.

Pierre ne revenait pas.

Lorsque, deux minutes plus tard, les lumières et les conversations s'éteignirent, il n'était toujours pas là. Alors, l'inquiétude me saisit. Pierre était sûrement malade. Pour rien au monde, il ne m'aurait laissée seule au début du récital.

Mon attention fut retenue par l'apparition, sur le plateau, du pianiste sans visage. Il avança pour saluer le public. Ainsi, je le retrouvais comme en octobre dernier, à trois mètres de moi ! Mais avec, à son égard, une animosité qui ne s'était pas éteinte. Ce n'était pas pour lui que j'étais là ce soir, mais pour Pierre.

Et Pierre n'était pas là.

Il me sembla que le public était avare en applaudissements. On eût dit que les spectateurs, cette fois, ne s'en laisseraient pas conter. Ils attendaient que le virtuose fasse ses preuves.

Paul Niemand partait avec un handicap que la salle, froide, lui communiquait par son attention critique.

Il commença à jouer.

Mille suppositions tournaient dans ma tête. Malgré moi, elles firent peu à peu place à la musique, qui possédait des résonances familières. Oui, c'était bien là la manière de mon père, du moins de ce que j'en connaissais avec ses trois morceaux inachevés. Mais non, c'étaient tout simplement des œuvres identiques à celles que Paul Niemand interprétait en bis dans ses récitals précédents ! Ce qui, à la réflexion, revenait au même...

La magie de cette sonate inconnue ne tarda pas à faire effet. Le public, visiblement captivé, retenait son souffle. Il se dégageait de cette pièce un mouvement ascendant, une puissance, un dynamisme qui forçaient l'admiration ; elle s'acheva dans une apothéose d'accords superposés, dissonants, qui formaient un bouquet superbe dont l'écho me fit frissonner.

Le pianiste, enfin, releva la tête.

Un tonnerre d'applaudissements retentit. Au cœur de cette ovation unanime, je me levai, posai mon chandail sur mon siège et le programme sur celui de Pierre.

– Pardon... Excusez-moi.

Mon évolution parmi les jambes et les dossiers fut accompagnée de protestations étouffées. Évidemment, c'était une provocation de quitter la salle dès la fin du premier morceau.

138

Aux toilettes, personne.

– Pierre ! Pierre ?

J'ouvris toutes les portes, rien. Je filai jusqu'au vestiaire où l'employée fut catégorique :

– Non, personne n'est sorti, mademoiselle.

Où était-il ? S'il s'agissait d'une farce, elle était de très mauvais goût. Nous nous étions sûrement croisés, j'allais le retrouver à sa place, dans la salle ! Une ouvreuse m'empêcha d'y retourner.

– S'il vous plaît, attendez la fin du second morceau. Puis faites vite.

Lorsque dix minutes plus tard, je regagnai mon fauteuil, Pierre n'était toujours pas revenu. Je m'assis le plus discrètement que je pus.

À présent, plus question de bouger. Sur scène, Paul Niemand saluait, il avait emporté l'adhésion du public.

Déjà, il se remettait à jouer. Ce nouveau morceau était tout différent, intimiste, presque murmuré. On eût dit une caresse, un vent timide et léger qui vous pénétrait jusqu'à l'âme. C'était une promenade en des lieux jamais explorés...

La sonate s'acheva trop vite. Les applaudissements reprirent, teintés d'impatience.

Le récital se poursuivit.

À l'entracte, ma voisine, en se levant, ne cacha pas son enthousiasme :

– J'ai l'impression d'assister à un événement... Quelle chance d'être ici ce soir.

– Oui, c'est un grand moment ! approuvait son amie. Et ce n'est pas fini.

J'avais failli oublier l'absence prolongée de Pierre. Je me mêlai à la foule qui affluait vers le hall, le bar, les toilettes. Les commentaires allaient bon train. J'en glanai quelques-uns au passage, on comparait Paul Niemand à Liszt, Chopin, Rachmaninov.

– Rachmaninov ? Tu plaisantes ! C'était un pianiste très moyen. Et il n'a pas apporté grand-chose à la musique. Tandis que ce type est non seulement un virtuose, mais un compositeur qui marquera son siècle...

– On sent l'influence de Prokofiev, n'est-ce pas ?

– Non. Plutôt celle de Boulez ou Ligeti...

– Celle de Britten, pour les mélodies !

– Et il y a du Messiaen dans l'utilisation des quintes.

– Foutaises ! Ce type a subi beaucoup d'influences, mais il les a parfaitement digérées, intégrées... Il a une personnalité, un style !

– On en oublie sa façon de jouer...

Mais oui, le héros de la soirée, ce n'était plus le pianiste lui-même, mais l'auteur des œuvres qu'il interprétait. S'agissait-il du même ?

Au-delà des portes vitrées, je tentai de distinguer les consommateurs du café, de l'autre côté de l'avenue... Non. C'était invraisemblable.

Je me perdis dans la foule, perplexe. Pierre ? Je ne le cherchais même plus. Bien sûr, il y avait une explication à son absence, à ce mystère. La seule qui aurait pu lever toutes ces ambiguïtés était trop folle pour que je m'y arrête longtemps. Mais dès qu'elle m'eut effleuré l'esprit, il me fut impossible de la chasser : elle revenait à la charge, obstinée comme un insecte. « Allons, ma vieille, du calme. Tu te montes la tête. »

Mais cette tête, comment la meubler autrement que par des questions ? Et que faire lorsque la même réponse semble résoudre toutes les équations ?

La sonnerie indiquant la fin de l'entracte me fit revenir aussitôt à ma place. Pour un peu, j'aurais redouté d'y trouver Pierre. Sa présence eût fait s'écrouler ce fol espoir que je commençais à cultiver.

La salle à nouveau comble, les lumières s'éteignirent. Paul Niemand réapparut. On lui fit une ovation formidable alors qu'il n'avait même pas recommencé à jouer.

Trois nouvelles œuvres constituaient la seconde partie du programme. Elles étaient – mais comment aurait-il pu en être autrement ? – plus spectaculaires et nouvelles que tout ce que nous avions déjà entendu ; elles multipliaient les audaces, les inventions rythmiques et créaient une alchimie sonore telle qu'on se demandait parfois si des instruments inconnus n'étaient pas venus se substituer au piano.

Cependant, sur scène, seuls se trouvaient un instrument et un soliste. Ils faisaient corps, tels ces cavaliers qui ne font qu'un avec leur monture, communiquent par instinct et connaissent par cœur le chemin.

C'était superbe, sublime.

Lorsque le dernier morceau s'acheva, son écho s'éteignit dans une étrange accalmie. Sur un disque, j'avais lu récemment : « Après une œuvre de Mozart, le silence qui suit est encore du Mozart. » Ici, le silence qui suivit me parut une respiration gigantesque ; le public prenait son élan pour clamer son délire.

Car ce fut du délire, des applaudissements, certes, mais complètement étouffés par les cris d'un auditoire déchaîné, debout, hurlant sans retenue son étonnement et sa joie. Combien de temps dura cette acclamation générale ? Cinq, dix, quinze minutes ?

Elle n'en finissait pas, redoublait, s'apaisait parfois, mais c'était pour mieux remonter à l'assaut, comme un flux.

D'abord, le pianiste vint saluer. Deux, trois, quatre fois. Puis il renonça à partir et se contenta de remercier le public en baissant de temps à autre la tête. Enfin, devant cette clameur qui n'en finissait pas, il resta debout face à nous, embarrassé, abasourdi, encombré par ce déchaînement qu'il ne savait ni contrôler ni apaiser et encore moins faire cesser.

Alors, il retourna au piano.

Les applaudissements continuèrent, diminuèrent, et se turent comme à regret. C'est dans un silence à peine revenu que Paul Niemand se remit à jouer.

Au premier accord, mon cœur ne fit qu'un bond dans ma poitrine : c'était la sonate inachevée *Jeanne 39*, que nous avions baptisée *Castillon*. En un éclair, je revis la scène vieille de six semaines. Cette sonate, Pierre me l'avait interprétée chez lui. J'avais sans doute attendu une conclusion semblable, je l'avais espérée sans y croire et voilà qu'elle avait lieu.

Je n'étais pas au bout de mes surprises. Au moment où je compris que le morceau allait s'achever dans quelques secondes de façon abrupte, le pianiste continua de jouer sans s'interrompre. La suite m'était inconnue et pourtant, c'était la même pièce, le même élan, le même chemin. Le pianiste avait comblé le vide final, rempli et interprété les silences. Il avait bouclé l'œuvre.

J'étais bouleversée, pétrifiée sur mon siège, convaincue que le mirage se dissiperait au moindre de mes mouvements.

Tout le reste se déroula dans une sorte de brouillard qui noie aujourd'hui encore l'ensemble de ces souvenirs.

Les applaudissements se calmèrent quand apparut sur scène un petit homme transpirant et ventru. Je le reconnus, il s'agissait du directeur de la salle, celui-là même qui, quelques mois auparavant, avait averti le public de l'indisposition d'Amado Riccorini.

Il prit le pianiste par les épaules et l'entraîna presque de force sur l'avant-scène. Chez les spectateurs, l'enthousiasme le céda à la curiosité ; ils se turent.

L'homme s'éclaircit la voix et déclara sur un ton officiel :

– Mesdames, messieurs, je tiens à souligner que c'est Paul Niemand lui-même qui a souhaité vous donner ce soir tous les éclaircissements qui vont suivre... Monsieur Paul Niemand, c'est à vous !

Le directeur de la salle s'écarta, passa derrière le piano comme pour bien montrer qu'il s'effaçait.

Pendant un bref instant, le pianiste se tint face au public, comme hésitant sur la conduite à adopter. C'est un spectateur, ou un journaliste, qui donna le signal en hurlant, au fond de la salle :

– La perruque !

Paul Niemand approuva. Il l'ôta d'un coup. Il montrait enfin son visage et livrait son identité.

Dans le silence qui suivit, des dizaines de flashes crépitèrent.

Pierre me regardait. Et en moi, quelque chose d'énorme et d'inconnu débordait soudain, une émotion que je ne pouvais contrôler et qui jaillissait sans retenue.

Il s'avança :

– Je ne m'appelle pas Paul Niemand, dit-il. C'est un pseudonyme que j'ai utilisé ce premier soir d'octobre où l'on m'a demandé de remplacer mon Maître...

Il avait la voix que je connaissais si bien, timide et mal assurée. Celle de l'élève de seconde qui avait fait devant notre classe un exposé sur Schubert. Quel contraste avec son assurance et sa virtuosité au piano !

– Si je suis là aujourd'hui, si je mérite une petite partie de vos applaudissements, je le dois à celui qui, depuis des années, est mon Maître, Amado Riccorini.

Pierre désigna quelqu'un au premier rang, à ma droite. Amado Riccorini était assis à quelques mètres de moi et je ne m'en étais pas aperçue ! Le public l'acclama à tout rompre. Le maître se leva, se retourna, sourit, salua les spectateurs qui frappaient dans leurs mains en cadence. Pierre lui fit signe de monter jusqu'à lui. Le directeur de la salle vint l'aider à gravir les quelques marches raides qui menaient jusqu'à la scène sur le côté du plateau. Riccorini avança vers son élève en l'applaudissant.

– Ces compliments...

Le public refusait de les tarir. Pierre fit mine de se fâcher, haussa la voix pour affirmer, presque contrarié :

– Vos compliments, ce soir, ne me sont pas destinés ! Je les recueille, mais c'est pour les dédier au compositeur dont je viens d'interpréter quelques œuvres... En effet, je ne suis pas l'auteur des bis de mes concerts précédents. Ni celui des sept sonates que vous avez entendues ce soir. Le compositeur de ces œuvres...

Le silence s'était totalement rétabli. L'attention du public s'aiguisa davantage encore.

– ... s'appelle Oscar Lefleix !

Ce fut le signal d'une nouvelle salve d'applaudissements. Elle s'acheva en un battement rythmé, comme celui qui réclame le retour d'un soliste.

– Lefleix ! cria quelqu'un au fond de la salle.

– Oui, Lefleix ! Lefleix ! répéta-t-on en écho.

Bientôt, ne doutant pas que le compositeur fût dans la salle, le public scanda en cadence :

– LE-FLEIX ! LE-FLEIX !

Pierre leva les bras dans un geste d'apaisement. Le calme enfin revenu, il déclara :

– Oscar Lefleix est mort en 1985.

Un cri de déception monta dans les rangs.

– Mais je tiens à saluer ici la personne qui a retrouvé ses partitions et fait ainsi revivre sa mémoire. Sans elle, ce grand compositeur serait resté inconnu. Et ce concert n'aurait jamais eu lieu. Cette personne... c'est sa fille : Jeanne Lefleix !

Pierre désigna quelqu'un face à lui, dans les premiers rangs. Une nouvelle ovation monta de toute la salle. Je mis longtemps à comprendre qu'elle m'était destinée, longtemps à traduire les gestes désespérés de Pierre qui me faisait signe d'approcher.

Je me levai, plus morte que vive, avançai mécaniquement, docile, sans bien comprendre ce que je faisais. Je fus soudain noyée d'applau-

146

dissements et de lumières. Pierre m'accueillit sur la scène. Il me serra contre lui, m'embrassa. Dans la salle, les bravos redoublèrent. J'étais presque honteuse de me trouver là.

– Pierre, oh, Pierre...

Je me réfugiai près de lui, lui balbutiai à l'oreille :

– Pourquoi ? Mais pourquoi ?

Je me tournai vers le public, fermai les yeux, essayai d'esquisser un sourire. Et je pensai du plus fort que je pus à mon père. À présent, il existait. Ces applaudissements lui étaient destinés. Mieux, désormais il ne disparaîtrait plus. Il revivrait sans cesse dans toutes les mémoires grâce à ses œuvres ressuscitées.

Au bout de longues minutes, les lumières de la scène s'éteignirent et le public commença à se disperser. Seuls restaient face à la scène une trentaine de personnes à qui le directeur de la salle s'adressa :

– Mesdames et messieurs les journalistes, si vous voulez bien nous suivre jusqu'au grand salon... Vous pourrez vous rafraîchir et poser des questions au soliste et à la fille du compositeur. Ou même à son épouse, je sais qu'elle est ici. Madame Lefleix ?

– Oui, je suis là.

Je me retournai.

– Bonsoir Jeanne...

Mutti me faisait face, un peu gauche, le regard chaviré. Elle semblait guetter un signal de ma part, comme si elle n'osait pas m'approcher.

147

Je me jetai dans ses bras. Elle me serra contre elle. Elle pleurait davantage que moi.

– C'est bien, balbutia-t-elle. C'est bien. Oh, Jeanne, comme je suis contente ! Tout ce que tu as fait, jamais je n'aurais pu...

– Mutti... ainsi, tu as assisté au concert ?

Oma s'avança à son tour. Et Florent.

– Pardi, dit ma grand-mère. Nous étions au courant, grâce à Pierre. Pas question que nous rations ça.

J'aperçus alors Mme Dhérault dans son fauteuil roulant que poussait son mari. Je m'exclamai :

– Mutti, voici les parents de Pierre. Il faut que je vous les présente !

– Mais nous nous connaissons, Jeanne ! Nous étions assis ensemble. Pierre avait tout prévu.

Mutti s'essuya les yeux, se moucha, dit à Mme Dhérault :

– Pardonnez-moi, je suis si émue.

– C'était tout à fait exceptionnel, répondit-elle en souriant.

– Un grand moment pour nous tous, n'est-ce pas ? approuva son mari.

Un journaliste s'approcha :

– Vous êtes les parents du pianiste ? Oh, et vous, la famille d'Oscar Lefleix ? Vous permettez ?

La nouvelle s'ébruita aussitôt. Et en moins de trente secondes, notre petit groupe fut assailli.

Soudain, je vis s'approcher de nous le grand agent artistique de Pierre. Il se précipita vers moi et me saisit aux épaules :

– Mademoiselle, j'espère que vous me pardonnerez mon attitude à Toulouse. Je ne sais pas si vous vous souvenez...

– Oh si !

– Pierre m'avait donné des consignes. Vous devez beaucoup m'en vouloir ?

– Ce soir, je n'en veux plus à personne.

– Jeanne ? fit derrière moi la voix de Pierre. Je crois que tu ne connais pas Amado Riccorini...

Le vieux musicien s'approcha, me serra vigoureusement la main.

– Pierre m'a beaucoup parlé de vous. Votre père, mademoiselle, était un grand compositeur.

– Et votre élève, Maître, est un grand pianiste.

Autour de nous, des magnétophones tournaient, des flashes crépitaient. Pierre m'avait un peu prise en traître. Cette grande soirée, il avait eu tout le temps de la préparer, moi, je devais improviser.

Il était tard quand la soirée prit fin. Jean Jolibois voulut à tout prix nous raccompagner. Dans sa voiture, j'étais un peu ivre : la musique, l'émotion, le champagne et la nuit... Le lendemain, le nom d'Oscar Lefleix apparaîtrait dans les journaux.

Pour mon père, ce serait une seconde vie.

ÉPILOGUE

Le lycée était fermé. Nous ne nous étions pas donné le mot. Et pourtant, le mardi suivant, je fus fidèle au rendez-vous sur le banc. J'avais emporté dans mon sac le cahier sur lequel j'avais commencé à raconter cette étrange histoire. J'ignorais alors que Pierre y tenait une si grande place. En fait, il avait deux rôles, le sien et celui d'un pianiste longtemps sans visage. Aujourd'hui, ces deux portaits n'en faisaient plus qu'un.

Pierre me fit signe de loin. Il était vêtu de la même façon que ce premier jour de septembre où nous nous étions rencontrés. Où était le prestigieux soliste dont, la veille, toute la presse parlait ? Il était redevenu l'élève un peu emprunté qui ne savait pas comment m'aborder.

Il vint s'asseoir sans m'embrasser, comme s'il avait retrouvé la distance des premiers mois. Il sortit de sa veste un classeur. Je le reconnus aussitôt : c'était celui sur lequel il écrivait toujours lorsque je venais le rejoindre ici.

– Pierre ?

– Oui... Oh, attends.

Un clochard était venu s'asseoir sur l'autre

banc, en face de nous. Je le connaissais un peu, c'était l'un de ces S.D.F. que le beau temps ramène dans les rues. Il traînait parfois dans les environs du lycée. Pierre se leva et alla lui glisser quelque chose dans la poche. L'autre, incrédule, ressortit un gros billet pour en vérifier le chiffre. Je chuchotai à Pierre, qui cherchait à détourner mon attention :

— Mais... qu'est-ce que tu lui as donné ? Tu es fou ?

— Eh bien quoi ? D'abord, mon argent, j'en fais ce que je veux. Et puis cet homme, je lui dois beaucoup.

— Tu le connais ?

— Non. Pas du tout.

Déjà, le S.D.F. était reparti.

— Pierre... Cette fois, il faut que tu m'expliques. Que tu me racontes enfin tout ce que tu m'as caché pendant tous ces mois.

L'autre soir, nous nous étions quittés sans qu'il puisse me parler en tête à tête. Il eut un sourire malicieux et ravi.

— Oui. Cela risque d'être long. C'est une histoire qui commence en septembre. Je l'ai racontée jour après jour ici.

Il me désigna le gros classeur qu'il avait apporté.

— Tu comprends, je ne sais pas bien m'exprimer. Alors j'ai pensé que tu préférerais me lire plutôt que m'écouter.

J'ouvris le cahier, le feuilletai.

— Mais... Pierre, c'est ton journal ?

– Oui. Il contient notre histoire. Du moins celle que j'ai vécue, moi, depuis le début.

– Et tu voudrais que je la lise ?

– Je n'ai pas de secret pour toi, Jeanne. À présent, je n'en ai plus.

– Moi non plus, lui dis-je en lui confiant mon cahier.

Il ne parut pas très étonné que j'aie eu la même idée que lui. Sans le savoir, ceux qui s'attirent se ressemblent bien plus qu'ils ne le croient.

Il me serra contre lui. Et c'était plus vrai qu'un baiser. Nous étions bien, tous les deux ici. Autour de nous, les voitures allaient et venaient. Parfois, un grondement souterrain faisait vibrer notre banc ; c'était le métro qui, quelques mètres plus bas, passait entre les stations Rome et Place Clichy.

Il faisait doux. Des moineaux hardis et piailleurs arrivaient parfois en bandes pour disputer à deux ou trois gros pigeons des miettes abandonnées.

Le temps me parut s'immobiliser.

Sur la première page, Pierre avait inscrit une sorte de dédicace. À moins que ce ne fût un titre improvisé :

LA FILLE DE 3ÈME B

C'était moi. Non, c'était plutôt l'image que Pierre en avait. Un miroir.

Je commençai à lire. Je savais comment le récit de Pierre s'achèverait, ce serait ici même et aujourd'hui. Cette histoire, je la connaissais, puisque c'était la mienne. Mais elle m'intéressait davantage parce que c'était la sienne aussi...

L'AUTEUR

Christian Grenier est né en 1945 à Paris.
Amoureux de toutes les littératures, il a écrit une centaine de nouvelles, plusieurs pièces de théâtre, de nombreux scénarios de bandes dessinées et de dessins animés pour la télévision.
Aujourd'hui, il est surtout connu pour avoir publié une trentaine de romans, trois essais et pour avoir dirigé chez Gallimard la collection Folio-Junior SF.
Christian Grenier a été enseignant. Dorénavant, il se consacre essentiellement à l'écriture. Il habite dans le Périgord où il peut assouvir ses autres passions : la lecture, la gastronomie et évidemment la musique.

CASCADE PLURIEL

LE CHEVALIER DE TERRE-NOIRE
Michel Honaker.

Tome 1
L'ADIEU AU DOMAINE

Tome 2
LE BRAS DE LA VENGEANCE

ERWAN LE MAUDIT
Michel Honaker.

LA FILLE DE 3ÈME B
Christian Grenier.

LE PIANISTE SANS VISAGE
Christian Grenier.

UNE VIE À TOUT PRIX
Roger Judenne.

LES ANNÉES COLLÈGE

BLT ou L'ÉTÉ BASKET
Catherine Dunphy.

CAROLINE ou L'AMOUR EN VERT
Catherine Dunphy.

JOEY ou LES COPAINS D'ABORD
Kathryn Ellis.

LUCY ou RÊVES INTERDITS
Nazneen Sadiq.

MÉLANIE ou LE JOURNAL D'UNE QUATRIÈME
Susin Nielsen.

SPIKE ou POURQUOI MOI ?
Loretta Castellarin.
Ken Roberts.

WHEELS ou PERSONNE À QUI PARLER
Susin Nielsen.

COLLECTION Cascade

CASCADE POLICIER

ALLÔ ! ICI LE TUEUR
Jay Bennett.

L'ASSASSIN CRÈVE L'ÉCRAN
Michel Grimaud.

L'ASSASSIN EST UN FANTÔME
François Charles.

LE CADAVRE FAIT LE MORT
Boileau-Narcejac.

CHANTAGE TOUS RISQUES
Pierre Leterrier.

LE CHARTREUX DE PAM
Lorris Murail.

LE CHAUVE ÉTAIT DE MÈCHE
Roger Judenne.

COUPS DE THÉÂTRE
Christian Grenier.

**DES CRIMES COMME CI
COMME CHAT**
Jean-Paul Nozière.

CROISIÈRE EN MEURTRE MAJEUR
Michel Honaker.

DANS LA GUEULE DU LOUP
Boileau-Narcejac.

LE DÉTECTIVE DE MINUIT
Jean Alessandrini.

DRAME DE CŒUR
Yves-Marie Clément.

UNE ÉTRANGE DISPARITION
Boileau-Narcejac.

HARLEM BLUES
Walter Dean Myers.

L'IMPASSE DU CRIME
Jay Bennett.

LE LABYRINTHE DES CAUCHEMARS
Jean Alessandrini.

MICMAC AUX MILLE ET UNE NUITS
Paul Thiès.

LE MYSTÈRE CARLA
Gérard Moncomble.

L'OMBRE DE LA PIEUVRE
Huguette Pérol.

**OMBRES NOIRES
POUR NOËL ROUGE**
Sarah Cohen-Scali.

**ON NE BADINE PAS AVEC
LES TUEURS**
Catherine Missonnier.

PEINTURE AU PISTOLET
Thomas Garly.

PIÈGES ET SORTILÈGES
Catherine Missonnier.

POURSUITE FATALE
Andrew Taylor.

**RÈGLEMENT DE COMPTES EN
MORTE-SAISON**
Michel Grimaud.

SIGNÉ VENDREDI 13
Paul Thiès.

LA SORCIÈRE DE MIDI
Michel Honaker.

SOUVIENS-TOI DE TITUS
Jean-Paul Nozière.

LES VISITEURS D'OUTRE-TOMBE
Stéphane Daniel.

LES VOLEURS DE SECRETS
Olivier Lécrivain.

Achevé d'imprimer en juillet 1995
sur les presses de Maury-Eurolivres S.A.
45300 Manchecourt

Dépôt légal : 3e trimestre 1995
No d'éditeur : 2591
No d'imprimeur : 95/07/F 7215